中华

ZHONGHUA HUN

魂

百部爱国故事丛书

横扫千军 还我河山

——抗联名将李兆麟

刘 枫 李颂鸾 编著

吉林人民出版社

图书在版编目（CIP）数据

横扫千军 还我河山：抗联名将李兆麟 / 刘枫，李
颂鸾编著 . -- 长春：吉林人民出版社，2011.3（2021.8 重印）
（中华魂·百部爱国故事丛书）
ISBN 978-7-206-07536-0

Ⅰ.①横… Ⅱ.①刘… ②李… Ⅲ.①革命故事—中
国—当代 Ⅳ.① I247.8

中国版本图书馆 CIP 数据核字 (2011) 第 032598 号

横扫千军　还我河山
——抗联名将李兆麟

HENGSAO QIANJUN　HUANWO HESHAN
　　　——KANGLIAN MINGJIANG LIZHAOLIN

编　　著:刘　枫　李颂鸾
责任编辑:关亦淳　　　　　封面设计:孙浩瀚
制　　作:吉林人民出版社图文设计印务中心
吉林人民出版社出版 发行(长春市人民大街7548号　邮政编码:130022)
印　刷:北京一鑫印务有限责任公司
开　本:787mm×1092mm　　1/16
印　张:8　　　　字　数:64千字
标准书号:ISBN 978-7-206-07536-0
版　次:2011年3月第1版　　印　次:2021年8月第2次印刷
定　价:35.00 元

总　序

　　《中华魂》是一套故事丛书。它汇集了我国自鸦片战争以来一百八十余年间的近百位民族英雄、仁人志士、革命领袖、先进模范人物的生动感人事迹，表现了他们作为中华儿女的伟大的爱国主义精神。

　　爱国主义是人们对于"生于斯、长于斯、衣食于斯"的祖国的一种神圣感情，是人们对于自己民族的一种强烈的责任感和使命感，是感召和激励整个中华民族的一面永不褪色的旗帜。在一百多年的中国近现代史上，爱国主义一直激励着中华儿女为祖国的独立、统一、进步和繁荣而英勇奋斗。从"苟利国家生死以，岂因祸福避趋之"的林则徐，到"我自横刀向天笑，去留肝胆两昆仑"的谭嗣同;从"铁肩担道义,妙手著文章"的李大钊,到"青春换得江山壮,碧血染将天地红"的赵一曼;从"县委书记的好榜样"的焦裕禄,到"问鼎长天,扬我国威"的邓稼先……都表现出了强烈的爱国主义精神。正是由于热爱祖国的人们前仆后继地奋斗,国家和民族才得以生存,才能够在一次次历史危急关头转危为安,走向兴盛和富强,从而屹立于世界民族之林。爱国主义是鼓舞中华儿女历经忧患、跨越沧桑、百折不挠、自强不息的伟大力量,它贯穿于中华民族的整个历史,并有力地凝聚着五洲四海的中国人。

爱国主义是一个历史的范畴,在社会发展的不同阶段、不同时期有不同的具体内容。革命时期,需要我们为祖国的独立自主出生入死;建设时期,需要我们为祖国的繁荣富强增砖添瓦。在全国各族人民团结一心,开启全面建设社会主义现代化国家新征程的今天,我们要争做一名新时期的爱国者。新时期的爱国者要有强烈的民族自尊心、自豪感。民族自尊心、自豪感是任何时期、任何爱国者都必须具备的情感。民族自尊心能增强我们自立向上的恒心,民族自豪感能树立我们建设祖国的信心。要树立"祖国高于一切"的崇高信念,为了祖国和人民的利益不惜抛却个人的利益,甚至不惜牺牲个人的生命。我们要树立终身学习的理念,拓宽自己的知识面,广泛吸收新知识、新技术,完善自身的知识结构,更新学习知识的方法与理念,从思想上、知识上充分武装自己,为祖国的繁荣昌盛贡献力量。

爱国主义思想的继承和发扬,是关系到民族盛衰、国家兴亡的根本问题。爱国主义思想情操的形成,需要不断地培养。培养爱国主义精神的一个重要途径是向英雄人物和典范事迹

学习和致敬。这套丛书的出版,对于青少年向
英雄和先进人物学习,特别是对于在中小学生
中进行爱国主义教育是不可多得的生动的教
材。祝愿此书出版发行成功,为培养时代新人
做出贡献。

胡维革

中华
魂
百部爱国故事丛书

编 委 会

朔风怒吼,大雪飞扬,征马踟蹰,冷风侵人夜难眠。火烤胸前暖,风吹背后寒,壮士们,精诚奋发横扫嫩江原!伟志兮!何能消减,全民族,各阶级,团结起,夺回我河山。

——李兆麟《露营之歌》

目 录

寻求真理　立志抗日救国

　　李兆麟1910年11月2日（农历十月初一）出生于辽宁省辽阳县铧子乡小荣官屯一个农民家庭。此时正是祖国忧患重重、苦难深重的年代。

　　1904年爆发了日俄两国为争夺我国东北领土进行的肮脏的帝国主义战争，中华民族惨遭涂炭。日本不仅强迫清政府承认俄国把辽东半岛租借权和南满铁路

李兆麟像

"让与"日本，而且强迫中国政府向日本开放东北的 16 个城市。辽阳就是其中之一。日本还把我国的辽东半岛改称为"关东州"，设立了殖民统治机构"关东都督府"，作为它侵吞东北，进而灭亡中国的一个据

灯塔市后屯村的李兆麟故居

点。还在大连设立了"南满洲铁道股份公司"简称"满铁",控制了南满铁路大权。又以"保护"南满铁路和日本侨民为借口,在东北驻有两个师团的侵略军,后来竟正式命名为关东军。虽然在李兆麟出生的第二年,即1911年爆发了伟大的辛亥革命,推翻了腐败的清朝政府,但革命的果实却被大军阀的代表袁世凯攫取。1915年,全国爆发了反对袁世凯签订卖国的"二十一条"的群众性爱国反日运动,卖国求荣的袁世凯在反袁声浪中被迫宣布撤销帝制,不久便死去。日本军国主义灭亡中国的阴谋未能得逞,但却进一步加快了侵略东北的步伐。仅在辽阳县就驻扎了一个师团的日本侵略军,他们在铁路沿线霸占了大片土地,残酷地压榨东北人民。

李兆麟亲眼看到在祖国的土地上插上了日本侵略军的太阳旗，骨肉同胞遭受关东军和日本警察的欺凌，在他幼小的心灵里，深深地埋下了热爱祖国、仇恨日本侵略军的种子。

　　1925年的"五卅"运动波及全国，也影响到东北。辽阳师范学生会负责人为声援上海工人的革命斗争，联合了女子师范学校、中西医专科学校、第一民立学校、第二民立学校以及几所小学的千余名学生，进行罢课斗争和集会讲演，先后在师范、第一民立学校召开了三次大型的集会，抗议英日帝国主义在上海屠杀中国工人的罪行。同时还张贴标语，并向全国各大城市发出通电。商务会还作出决定，所有商业部门不卖日货，以示抗议。这场革命风暴，使少年的李兆麟开始受到了革命思

李兆麟在苏联红军节纪念大会上讲话

想的启迪。

1927年4月14日，蒋介石发动反革命政变后，中国处于一片白色恐怖之中。以"征服中国派"闻名的日本军阀主要大头目田中义一为首相的内阁组成后，更加紧策划对我国的侵略，制造了《对华政策纲领》，加速推行其侵华的"大陆政策"，妄图将我国东北地区从中国的

李兆麟将军在苏联远东第88旅任政委时斯大林授予的红旗勋章。

版图中分割出去，成为日本的殖民地。

1928年，日本军阀一手策划了皇姑屯事件，张作霖被炸死。面对日本帝国加紧侵华步伐，蒋介石南京政府一再推行丧权辱国的外交政策这一严酷的现实，年轻的李兆麟忧心似焚，他默默地在书箱门上刻下了"运思出奇，横扫千军"八个大字，表达自己愿为拯救灾难深重的中华民族而效力的宏伟志向。

在李兆麟成长的过程中，对他影响较大的是他的姨夫张一吼和地下党员翟乐全。

张一吼是东北讲武堂第七期步兵科的毕业生，曾

在东北军里当过营长。他对当时的社会不满，思想比较进步。每当张一吼回家来，李兆麟总要向他询问天下大事。他们彼此畅谈国事，抒发情怀。1929年张一吼因故被革职，携眷迁居北平，后入中国大学读书，还时常给李兆麟寄些进步书刊。这对李兆麟开阔视野、增长知识起到了积极的作用。

翟乐全是张一吼在讲武堂读书时的同学，在东北军中当参谋，是我党的地下党员。他患有严重的肺病。1931年夏，经张一吼介绍，他来到小荣官屯附近的双龙寺养病。李兆麟很快成为翟乐全的知心朋友，经常给他送些鸡蛋补养身体，为他搜集偏方治病。翟乐全耐心地给李兆麟讲一些革命道理，使他认识到依靠当时统治阶级的法律并不能救中国，只有共产党和工农红军才是中国的希望。他们相处的时间虽然不长，但这些启蒙教育对李兆麟走上革命道路，产生了深远的影响。

1930年9月18日，日本帝国

李兆麟将军的母亲杨长秋

主义悍然发动了对中国东北的武装侵略。山河破碎，国土沦丧，中华民族处于危难之中。李兆麟目睹神圣的国土被践踏，三千万骨肉同胞被蹂躏，愤怒的火焰在心中燃烧。他暗暗地发誓：决不当亡国奴，要走抗日救国的道路。

这时，辽阳二区区长苏景阳掌握一部分骑兵队伍，还有一些山林队也有抗日的要求，苦于无人出来统一领导。恰好这时张一吼已在北平参加了抗日救国会，寄信给李兆麟让他到北平去。当天夜里，兆麟向妈妈述说了自己想到北平参加抗日救国活动的心愿。妈妈舍不得让心爱的儿子离开自己，便向兆麟说："你爸爸已经不在了，我就有你这么一个儿子，咱们家全靠你顶门立户了。"兆麟十分理解母亲的心情，就耐心地给她讲抗日救国的道理。他说："日本人今天占领了奉天省，明天就要吞并东三省，然后就要灭亡全中国。没有国，怎么能有家啊！古人都知道，'国家兴亡，匹夫有责'，我是一个青年人，怎能眼看着敌人宰割我们的国土不挺身而出呢？"兆麟的母亲杨长秋是一位深明大义的妇女，听了兆麟一番话后，终于同意了儿子的要求，并和儿子一起说服了兆麟的祖父。这时李兆麟已成了家，他的夫人李淑香也支持他的决定。就这样，李兆麟毅然把刚收到家的一车大豆卖掉做路费，于

李兆麟将军使用过的望远镜
（现在北京抗日战争纪念馆展出）

1931年11月8日离开家乡，奔赴北平。

当时，北平是北方区党组织活动的中心。满怀爱国热情的李兆麟到北平后，化名李烈生，经张一吼介绍，认识了当时在东北民众抗日救国会中担任常委的地下党员冯基平（化名冯乃革）和担任执委的夏尚志。冯基平见李兆麟态度真挚，爱国心强，对党的认识也比较好，便推荐他参加了东北民众抗日救国会。不久，李兆麟又成为党的外围组织反帝大同盟的盟员。从此，这位热心寻求真理、立志抗日救国的青年，走上了抗日的道路，开始了他的革命生涯。

为了在北平取得一个合法的身份做掩护，更好地开展革命活动，组织上帮助李兆麟缴纳了一笔学费，进入私立华北大学，成为该校的注册学生。他以这个合法身份为掩护，曾到门头沟煤矿，在工人中进行抗日活动。有一次，他带着一皮箱传单，机智巧妙地应付了军阀侦缉队的检查，顺利地送到了西郊。

1931年底，地下党组织和东北民众抗日救国会研究决定，派李兆麟等同志回东北辽阳一带组织抗日义勇军。当时在北平团市委工作的胡乔木同志向共青团员林郁青和李兆麟、张一吼传达了这个决定。李兆麟听了这个安排以后，十分高兴，他千里迢迢来北平找党组织，要求派人回东北领导抗日斗争的心愿，就要实现了。

组建抗日义勇军

1931年九一八事变后，日本侵略军占领沈阳，在我党的号召和推动之下，东北地区的广大人民群众和东北军中的爱国官兵，违抗国民党南京政府"不抵抗"

李兆麟将军使用过的怀表

命令，组成东北工农义勇军、反满抗日救国义勇军等各种名目的抗日义勇军，抗日烽火遍燃东北城乡各地。中共中央和中共满洲省委对抗日义勇军运动加以领导。自1931年10月起，最先遭受日本军国主义铁蹄蹂躏的辽宁地区的爱国军民，首先展开了大规模的武装反日斗争。但由于遭受日本侵略军的血腥镇压，到1933年初，抗日义勇军基本瓦解，只有一小部分武装在中国共产党领导下继续坚持战斗，成为东北抗日联军的组成部分。1931年10月9日，辽阳县烟台（现灯塔市）铧子炭坑四十余名工人在沈宝林、崔晏甲、张允良率领下，自发地缴获了地主武装的枪支，于关门山成立了抗日山林队。沈宝林报号"燕子"，崔晏甲（崔恩甲）报号"长江"，张允良报号"三省"，他们高举抗日义旗，活动在英守屯、柳河子一带。11月，在医生赵俊峰积极活动下，于黑牛屯一带（后迁入蛇山子）向地主借了枪支，组织起"平日救国军"。赵俊峰任大队长，下有四个小队。队员从近百人发展到八百余人，在奉辽一带同日本侵略军进行斗争。同时，辽界李大人屯一带的"天地荣"首领李巨川和荒山子的"于志超"、吉洞峪一带的高梅坡、上麻屯一带的张化民和"小白龙"抗日救国军等，都先后建立起来。一时间，这些自发的抗日武装发展到几十个组织。

李兆麟穿苏军军装照

为了便于指挥和领导这些自发的抗日武装，北平的东北民众抗日救国会对辽宁地区的义勇军组织进行了调整，统一了番号，将各种名称不一的抗日队伍，统称为"东北民众自卫义勇军"，并按照活动区域和成立先后，分别加以委任。

1932年春节刚过，按照市委决定，担任辽阳县委书记的冯基平作为东北民众抗日救国会的代表，首先同李兆麟、杨寿天一道来到辽阳县铧子乡小堡一带组织抗日武装，随后，孙志远、夏尚志、林郁青、孙己泰、侯薪等同志也到达这里。在冯基平的领导下，经过讨论大家认为李兆麟是本乡本土的人，熟悉情况，又有活动能力，决定由他利用同乡和同学的关系，公开出面串联。李兆麟骑着家里的一匹白马，冒着风险，往来于辽阳一带自发的反日山林队和义勇军之间。经过各方活动，耐心宣传，终于把在辽阳、奉天、本溪一带的"长江队""燕子队""平日队""天地荣"等山林队一千多人，在"为了祖国、民族，要打鬼子……"的口号下联合起来，于同年农历二月成立了东北抗日义勇军第二十四路军。

队伍成立后，活跃在辽阳一带。于三月底攻打了铧子沟矿井，活捉了前日本关东军工兵司令、当时的八大矿矿长久留岛。在韭菜台以优势兵力包围了投降日本关东军的土匪队"洪盛团"，消灭三百多人。击溃了盘踞在辽阳一带的地主武装"南大会乡团"。此后，李兆麟又联络奉天、辽阳等地的山林队及东北义勇军第二十四路军近万人，于8月28日深夜攻打奉天，这次战斗重创了敌人，义勇军战绩卓著，除袭击了城郊飞机场、烧毁敌机27架，破坏了兵工厂的重要设备，捣毁了沈阳的无线电台，烧掉了敌人的汽油库，缴获

抗联战士群雕

横扫千军 还我河山
——抗联名将李兆麟

了大量枪支和军需物资外，还争取了伪靖安军一部分士兵反正，参加了义勇军。这次军事行动产生的政治影响远远超出了它的具体战果。事后，国内各大报刊及国外一些通讯社都报道了这一消息。在政治上极大地鼓舞了人民的反日热情，给日伪反动统治以沉重的打击。

经过这一段斗争的锻炼，李兆麟的觉悟更加提高了。1932年5月，22岁的李兆麟光荣地加入了共产主义青年团，不久，转为中国共产党党员。从此，他决心把自己的一切直至生命，贡献给伟大的共产主义事业。

发动农民建立抗日组织

李兆麟和冯基平、孙志远、夏尚志、林郁青等同志，在组织反日义勇军同敌人展开武装斗争的同时，还在小堡、小荣官屯、大洼子、朝官寺屯等地的农民中，积极进行发动群众的工作，先后建立起群众性的反日组织。1932年4月，在辽阳小堡首先建立了"农民反帝大同盟"，对外也叫"反日会"，发展了杨兆丰、吴雅卿、李兆宾、何清晏等成员二三十人。接着，建立了"妇女会"和"少年先锋队"。妇女会约有十余人参加，负责人是吴雅卿。少年先锋队的前身叫"劳动儿童团"，成员约有四十余人。虽然李兆麟分工侧重抓义勇军的工作，但他感到自己有使不完的劲，除了搞武装斗争以外，还充分利用个人熟悉本地情况的优越条件，积极投身于组织群众和宣传群众的工作中去。他们经常在小堡村南的河套、山沟里一些隐蔽的地方，召集农民中的骨干分子开会，给大家讲抗日救国、打倒封建军阀和官僚的革命道理。开始时，这种宣传是秘密进行的，后来大洼、朝官寺、荣官屯的农民也参加进来，人越来越多，就成了半公开的活动。村里的群众知道大家干的是抗日救国的事情，都主动想办法掩护他们。这些满怀爱国激情的知识青年，还把在北平时学唱的进步歌曲教给农民，一时间，《国际歌》《工农兵之歌》《救亡之歌》等革命歌曲在小堡一带的农民中广为流传。这些歌曲鼓舞了群众的爱国热情，唱出了人民的心声。

李兆麟将军穿过的乌拉

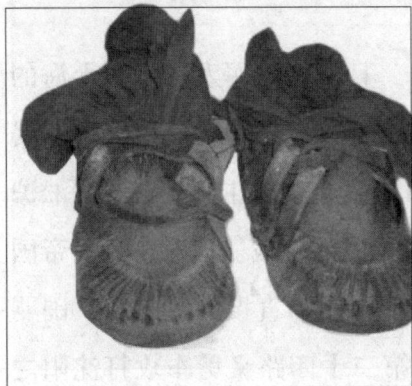

李兆麟不仅自己工作，而且把他的母亲、妹妹和堂兄弟等亲属也都动员起来参加抗日救国的宣传活动。他把家里的80

李兆麟将军在抗日战争时期使用的罗盘

元钱拿出来作为活动经费，派人到奉天城里买回来两台油印机。夜深人静时，他和几个同志围坐在小油灯下，刻钢板、印传单，然后组织农民和儿童中的积极分子，秘密到双龙寺、曹官寺、柳河子、三块石、十里河、铧子沟等地散发和张贴，在群众中影响很大。

潜入煤矿在工人中开展反日活动

自1932年1月28日，日本侵略军发动了对上海的进攻，上海军民奋起抗战后，蒋介石政府继续采取妥协政策，于同年5月5日同日本帝国主义签订了《淞沪停战协定》，破坏了上海军民的抗战。这时，日本帝国主义从上海撤出的陆军第十四师直接调入东北，围剿义勇军。1932年8月，第二十四路义勇军攻打沈阳之后，敌人即派重兵围截抗日部队。李兆麟率部到达浑河堡，后进入清原以东的山区，但仍不能摆脱堵截和尾追的敌人，只好将部队化整为零，分散活动在本溪、辽阳一带。9月间，敌人继续集结兵力围剿义勇军，并采取武力"讨伐"和收买诱降兼施的手段向义勇军进攻。由于义勇军内部良莠不齐，成分复杂，因而在日本侵略军的围剿下，有的动摇变节，有的妥协回家。坚持战斗的这部分义勇军又转移到凤城、岫岩、辽阳交界的摩天岭一带，继续同敌人周旋。但不久即在摩天岭战斗中被敌人打散，第二十四路义勇军的活动便基本上停止了；以小堡为中心的农民反日运动也消沉下去。

虽然这支抗日队伍在强敌面前，存在的时间不长就瓦解了，农民群众的反日斗争也被镇压下去，但李兆麟等同志1932年在辽阳一带点燃的抗日烽火，在这里还是产生了深远的影响。

1932年9月末，李兆麟来到沈阳，同奉天特委接上了关系。作为一名新党员，他诚恳坦率地向党组织汇报了联络抗日义勇军和发动农民开展反日活动虽然曾搞得轰轰烈烈，但却失败了的情况，这时他感到很内疚。但他毫不气馁，信心十足地表示，愿意接受新的战斗任务，请组织继续考验自己。奉天特委考虑到，

李兆麟将军塑像

前一段主要是派干部在农民中开展抗日斗争，工人中的工作我们还开展得不够，如能派出得力的干部到工人中去建立一支武装队伍，对敌人将是一个沉重的打击。于是奉天特委决定派李兆麟潜入本溪煤铁公司去发动矿工开展抗日斗争。

为了在工人群众中开展反日活动，他通过爱国青年杨坚白的介绍，进入本溪煤矿当了矿工。接着奉天特委又派地下党员侯薪（化名侯维民）和孙己泰（化名王子明）来到本溪。他们三人成立了临时工作委员会，李兆麟被选为负责人。他们以挖煤、推车、看水泵等劳动为掩护，向矿工宣传抗日救国思想，建立了秘密的抗日救国会，会员迅速地发展到三百多人。在本溪煤矿短短几个月里，他们和工人同甘共苦，为工人排忧解难，很快成为矿工的知心朋友。

　　沉重的劳动，紧张的工作，恶劣的生活环境，使李兆麟染上了严重的肺病。1933年2月，他被特委调回奉天休养治病。这时他的家也从辽阳搬到奉天，开始住在皇姑屯，后来搬到小南关。在养病期间，他仍坚持工作，他的家又成为同志们经常集会和研究工作的一个联络点。不久，组织上分配他担任奉天特委军事委员会干事兼青年士兵委员会负责人，李兆麟把全部精力又投入到兵运工作中去。他在治病期间结识了伪靖安军中一位有正义感和爱国心的崔军医，常以看病为掩护，出入于北大营和东山嘴子伪靖安军兵营，向一些士兵宣传抗日救国的道理，策动伪军起义。事情正在计划中，由于叛徒告密，中共奉天特委被破坏，

李兆麟纪念馆

横扫千军　还我河山

——抗联名将李兆麟

特委的领导人和许多共产党员被捕入狱。李兆麟家被搜查，母亲和妹妹也遭逮捕。机智的李兆麟避开了敌人，得以脱险。在险恶的环境中，李兆麟又坚持了四十多天的工作。但由于和党组织失掉了联系，加上叛徒特务的监视，使他无法在奉天继续活动下去。于是他潜回辽阳，筹集路费，在1933年8月初的一天，李兆麟从十里河上车，路经奉天，前往中共满洲省委所在地——哈尔滨。

转战哈尔滨动员群众抗日救国

这时，满洲省委正在贯彻中共中央《给满洲各级党委及全体党员的信》（简称"一·二六指示信"）。李兆麟到哈尔滨后，在道外天泰客栈与中共满洲省委秘书长冯仲云同志接上了党的关系，满洲省委在讨论李兆麟的工作时，考虑到他曾经在南满组织过反日义勇军，有同日本侵略军进行武装斗争的经验，又搞过农运、工运和兵运工作，当时特别需要既懂军事又会做群众工作的干部，于是便将李兆麟留在满洲省委。开始时负责一部分士兵运动和哈尔滨近郊的一部分义勇军的工作。在这短短的时间内，已显露出他抗日救国的献身精神和组织才能。9月间，省委正式委派他担任省委军委的负责人。

根据当时开展武装斗争的需要，他以省委巡视员的身份，先后到北满群众斗争比较活跃、工作基础较好的海伦、巴彦等地巡视指导工作，传达中央"一·二六指示信"的精神，贯彻省委五月会议的决议。

按照满洲省委的工作部署，李兆麟曾两次到海伦巡视指导工作。他和北满特委派回海伦开展工作的共产党员雷炎（李辉）一起到群众中去宣传党的抗日救国政策，动员群众积极参加抗日救国的各项活动，使当地的抗日救国会很快地建立起来。

带着省委指示到珠河

1933年10月，在义勇军孙朝阳部队进行兵运工作的赵尚志和珠河县委派进该部进行工作的李启东、李根植、姜熙善、王德全、姜甘用、金昌满等7人携带1挺机枪、11支步枪，从孙朝阳部队拉出来，找到珠河县委，准备建立党直接领导的游击队。中共满洲省委立即派省委军委负责人李兆麟，带着省委建立珠河游击队的指示，以省委巡视员的身份赴珠河。

1933年10月10日，李兆麟参加了珠河县委在珠河铁道南三股流召开的宣告珠河东北反日游击队正式成

汤原成了抗日队伍云集的大兵营，东北抗日联军在这里正式成立。

立大会。出席大会的还有哈尔滨反日总会派来的代表、珠河县委和农民自卫队的代表，他们都在大会上发表演讲，祝贺珠河游击队的诞生。赵尚志带领全体队员庄严宣誓："我珠河东北反日游击队全体战士，为收复东北大地，夺取祖国自由，哪怕枪林弹雨，万死不辞，赴汤蹈火，千辛不避，誓必武装东北三千万同胞，驱逐日寇陆海空军出东北，为中华民族的独立解放奋斗到底！"

珠河游击队建成后，李兆麟即返回哈尔滨，向满洲省委做了汇报。11月，他又一次带着省委的指示来到珠河，和珠河县委及珠河游击队的同志一起研究进一步贯彻省委的指示。李兆麟在建立北满地区党直接领导的抗日武装部队方面做了大量的工作。

特殊训练班

　　根据开展抗日武装斗争的需要，必须培养训练干部，提高干部的政治、军事素质。因此，满洲省委作出了开办训练班的决定。根据当时人员的情况，把这一任务交给了李兆麟，并让他兼任训练班的主任。他愉快地接受了这个任务，立即工作起来。

　　这是一个特殊条件下的训练班，他既是训练班的负责人，又是训练班唯一的教员，课堂地点不固定，有时在省委交通员张宗伟家，有时在马家沟公园，也有时在马路上边走边讲。而学员却常常只有一个人。1933年11月因面颊负伤从南满游击队来到哈尔滨的张瑞麟（张秉文），就曾在李兆麟办的训练班里学习过。他听李兆麟讲了苏联十月革命的胜利、中国革命的历史情况和我党的地下秘密工作方法等课程。李兆麟深入浅出、循循善诱的教学方法，给学习的同志留下了深刻印象，也为党培养了一批干部。

攻打宾州城

　　为加强党对正在发展中的各种武装部队的领导，掀起抗日游击战争的新高潮，1934年初，满洲省委派秘书长冯仲云到珠河中心县委工作，派省委军委负责人李兆麟到珠河游击队工作。

　　李兆麟到珠河游击队后，任副队长，化名张寿篯。队长为赵尚志。

　　这时的珠河游击队，已从13人发展到70多人，编成5个分队，活动于中东路铁道南三股流和铁道北秋皮囤、黑龙宫等地。根据满洲省委指示，李兆麟同珠河县委、游击队领导人一起检查"一·二六指示信"贯彻情况，总结全民族反日统一战线工作的经验和教训，召开了各义勇军和山林队首领代表会议，建立了反日联合军司令部，共有人员近五百人。珠河游击队领导人为了打击敌人，鼓舞士气，巩固游击队在联合军中的地位，经过协商，决定攻打宾州城。随后，便组织起一支四百多人的联合军部队挥师北上，逼近宾州城下。被包围在城内的敌人"恐慌万状，在一小时内打7次电话，向哈尔滨关东军求救"。在一天一夜的攻城作战中，由于联合军没有重武器，宾州县城屡攻未克。天明后，敌人从哈尔滨派出的飞机，有四五架在联合军攻城部队阵地上空盘旋扫射。接着，由哈尔滨派出的日军及伪警备旅六百余人，从满家店向宾县县城推进，企图消灭联合军于宾州城下。

当联合军攻城部队撤到距县城五六里的地方时，空中飞机不停地向地面扫射，联合军部队与哈尔滨前来援救之敌相遇，在激烈的交战中，打下敌机一架，打死打伤敌人七八十名。珠河游击队在攻城时，使用了一门大口径自制的木炮，虽然效力不大，但声响很高，不但敌人受到了震动，对附近的群众影响也很大，后来在群众中长时间都流传着"木炮打宾州"的抗日佳话。

三岔河解围

根据形势的发展，1934年6月29日，在珠河反日游击队的基础上，吸收了部分山林队和义勇军，正式编成东北反日游击队哈东支队。司令为赵尚志，李兆麟任政委。支队司令部下辖三个总队。赵尚志率第一总队活动于宾县、三岔河一带；李兆麟率第二总队活动于珠河铁道南游击区；韩光率第三总队活动于珠河铁道北。他们时分时合，勇歼顽敌。

赵尚志率领部分队伍到达宾县三岔河的第二天中午，突然发现数百名日伪军从东西两翼向我军驻地推进，很快地将游击队司令部和义勇军"铁军"所在地包围起来。"铁军"首领见敌人来势凶猛，便带领其所属的一部分队伍自行脱离战场。

顿时，敌人接连向我军司令部和"铁军"驻地打了一百八十余发炮弹。仅游击队司令部的院内就中弹五六发，但未受炮伤。"铁军"的部队驻守在司令部的东院，突围后撤走，阵地被哈尔滨警备旅第四教导队占领。

游击队司令部战士冒着敌人的炮火冲过去，将"铁军"撤出的阵地东大院又夺回来，继续坚守。

这次战斗从清晨一直坚持到傍晚，在夜幕掩护下，游击队司令部从驻守的大院内向外突围。穷凶极恶的敌人，从后边尾追上来，很快对我军形成了夹击之势。

在关键时刻，李兆麟得到司令部在三岔河被日伪军围困的消息，连夜组织部队，火速前来增援。当敌人摆好阵势猛烈地向赵尚志率领的部队射击时，李兆麟指挥队伍从后面突然袭击敌人，打得敌人措手不及。此时，义勇军"九江"的一部分队伍也在于海云的率领下赶到战场。战斗发生了转机，被围困的游击队司令部转危为安，迅速地甩掉了敌人。

三岔河突围战充分表明，珠河游击队是一支英勇善战的队伍。其领导人赵尚志和李兆麟在指挥部队作战中，果敢顽强，战术得当。在敌众我寡、重兵包围的不利局势下，浴血奋战，坚持苦斗。游击队的影响

越来越大，赵尚志和李兆麟的威信也越来越高。反之，敌人在哈东珠河、延寿、宾州一带的反动统治，处于风雨飘摇之中，敌人营垒的力量正在分化瓦解。随后又有延寿县黑龙宫保卫团长曹德生、三道河子大排队长朱福林、宾县三岔河大排队长李靖远、宾县七区大排队长王甲三等敌伪地方武装，纷纷反正参加抗日。

珠河游击队在赵尚志、李兆麟的带领下，这一段的工作和斗争进展得很顺利，也取得了一定的战绩，受到中共满洲省委的称赞。

协同作战继续开展斗争

1935年1月28日，根据满洲省委的指示，以哈东支队为基础，吸收地方青年义勇军参加，正式编成东北人民革命军第三军，军长为赵尚志。李兆麟被分配到二团任政治部主任。此后他和团长李熙山带二团活动在珠河北第五区、延寿西部二、三区和宾县、阿城一带。二月间，和第三团在铁道北小亮子河、孟家店与伪军孙团作战，打死了敌人的团参谋长。此后，二团又联合道北义勇军四五百人进攻延寿老三区，占领敌人重要据点小黄烧锅。这次战斗之后，李兆麟由第二团调到第一团，担任政治部主任，团长为刘海涛。全团三个连，共有二百余名战士，活动在珠河北部的延寿、方正等地。

1935年3月初，赵尚志率三军司令部和直属队东征，准备到牡丹江沿岸开辟新的抗日游击区。当部队东进到达方正县境时，与在此地活动的李兆麟、刘海涛率领的第三军第一团相会合。在攻打方正县城的战斗中，李兆麟和刘海涛率领第三军第一团战士冲锋陷阵，在攻克县城的作战中，发挥了英勇善战的斗争精神和模范作用。

此后，李兆麟和刘海涛率第一团随三军司令部和联合军部队继续东移，到牡丹江沿岸建立新的抗日游击区和根据地。在我军这次东进时，敌人得到消息后，又增派了许多兵力，加强了防范措施，因此，我军在方正继续东进的途中，屡遭敌人前堵后追。根据新的情况，赵尚志决定他率三军司令部返回珠河根据地，李兆麟、刘海涛率领第三军第一团留在方正、依兰一带继续开展斗争。

建立联军攻打敌人据点

第三军司令部返回珠河根据地后，三军一团二百余名战士在李兆麟、刘海涛的率领下，按照司令部的部署，独立地活动在方正县的大罗勒密地区。

李兆麟塑像

为了同已经进入大罗勒密地区李延禄领导的第四军相配合，李兆麟主动率领三军一团到第四军驻地三家子屯与李延禄领导的第四军会合。

李兆麟和刘海涛在会见李延禄的交谈中，得知党中央发表了《八一宣言》，《八一宣言》是在1935年8月1日，中国共产党驻共产国际代表团草拟了《中国苏维埃政府、中国共产党中央为抗日救国告全体同胞书》（即《八一宣言》），10月1日以中华苏维埃共和国中央政府和中国共产党中央委员会的名义在法国巴黎出版的《救国报》上发表。宣言号召全国人民团结起来，停止内战，抗日救国，组织国防政府和抗日联军。这个宣言对推动抗日统一战线工作和抗日救亡运动，起了积极作用。

李兆麟从四军军部看到了这份文件，他们一起反复学习和领会《八一宣言》中提出的抗日民族统一战线政策精神，并酝酿建立联军，协同作战，攻打敌人据点等。

随后在三家子屯召开了驻在这里的三、四军指战员大会，李兆麟在会上讲了话，宣布三军一师一团准备与四军联合攻打敌伪据点的决定。战士们听了以后，无不欢欣鼓舞。上海抗日救国会武装部的代表王克道先生，也应邀参加了会议。9月16日，攻打南刁翎镇的战斗打响了。李兆麟率领三军一团攻打西门，四军二团攻打东门，经过一场激战，终于胜利地占领了这个城镇。伪保安队一百余人反正，伪警务营营长在我军"中国人不打中国人"的口号声中率部投降。当晚，接到敌人从林口出援的情报，李兆麟、刘海涛率领的三军一团和李延禄率领的四军，当即以一天120里的急行军速度袭击林口，留守的敌人弃城逃窜。我军进城后得马数百匹。他们用这一胜利纪念了"九一八"四周年。

这一年秋季，日本关东军参谋部为熄灭下江人民的抗日烽火，策划了以伪三江省、滨江省为中心的"秋季讨伐"，自10月1日开始向活跃于松花江下游地区的东北抗日联军第三军、第六军及其他部队发动全面围剿。为缩小活动目标，各军开始分散活动。李兆麟、刘海涛率三军一团离开了刁翎地区，又返回方正县的大罗勒密山区的后方基地。

三军一团刚一回到大罗勒密山区，当地一名知情的群众来到部队送情报，说刚从依兰启航的两只满载伪军冬服的帆船向三道通驶来。

进入10月份的大罗勒密山区，已经吹来了飕飕的凉风。正在为全团二百余名战士谋划解决冬季防寒服装的团领导人李兆麟和刘海涛，得到当地群众送来的这一情报后，于10月7日当天，立刻将部队带到敌人船只通行的地点，察好地形埋伏起来。在当晚10点钟，两只满载冬装的帆船，乘着微风，顶着急流，果然驶进了我伏兵的阵地。顿时，枪声大作，船上押送服装的敌人来不及抵抗，便把三百多套冬服、三十多套单军装和五百多元现款、二十余支步枪、八百多粒子弹、三十多袋面粉如数地交给我军。这次截船的胜利，顺利地解决了第一团全体指战员的冬季服装。

此后，李兆麟和刘海涛在率领三军一团活动中，和第四军一团又一次会合在一起，两团商定联合攻打二道河子。

战前，两方各自派出了侦察人员。经了解，二道河子驻有伪地方警备队，伪警察所也设在警备队大院内。院墙很高，炮台坚固，戒备森严。但我三军一团和四军一团利用侦察队员事前掌握到的敌人当夜口令，巧妙地闯进伪警备队大院，一弹未发，便缴了伪警备队和伪警察所的枪械。共缴捷克式马枪二百余支、轻机枪两挺，子弹十几万发，新旧棉装五百多套。我军释放了被伪警察所关押的"囚犯"。对化装企图潜逃的一名日本指导官就地枪决。对日本指导官的亲信、民愤极大的一名警察，当众宣判死刑，就地正法。其余的保安人员和伪警察，除去愿随我军进行抗日者外，经过教育，

东北抗日联军教导旅右边第三个为李兆麟、左边第四人为周保中与苏联战友的合影。

都发给他们遣散费，劝其归家为民。

李兆麟到三军第一团后，同刘海涛一起率队以方正县大罗勒密山区为基地，独立地活动在周围广大地区。不但对友军和兄弟部队做了大量的争取团结工作，而且还协同兄弟部队、联合友军，在对日作战、攻打敌人据点的战斗中，取得了重大的胜利。

建立后方军事根据地

1936年1月26日，李兆麟出席了在汤原县境内召开的北满反日联军军政联席扩大会议，并被推选为执行主席。会上学习和讨论了《八一宣言》，决定设立"东北抗日联军总司令部"（实际为北满抗日联军总司令部）。赵尚志被推选为总司令，李兆麟为总政治部主任。会后，各军分开活动。李兆麟到六军担任代理政治部主任，并以三、六军留守处主任的名义留守汤旺河，担负起领导和建立汤旺河后方军事根据地的任务。3月19日李兆麟接到联军司令赵尚志的命令，要他迅速组织部队，坚决、彻底地消灭由日本侵略军武装起来的、盘踞在岔巴旗、老钱柜一带的森林警察大队，以便把具有战略意义的小兴安岭汤旺河一带军事根据地牢牢地控制在我军手中。李兆麟立即传达了司令部的指示，进行了战斗部署，并亲自担任这次战斗临时指挥部的总指挥。他率领二百多人的队伍，冒着零下三十多度的严寒向汤旺河进发。经过一天的急行军，首先到达汤旺河西岸的小兴安岭西南山的岔巴旗，这是森林警察大队的第一道卡子。经过一场激战之后，活捉了黄毛、丁山、张保安、宫四炮等四名警察中队长及全部森林警察，缴了他们的枪支和弹药。接着，部队换上敌人的服装，立即乘马爬犁向老钱柜前进。第二天黄昏到达老钱柜，机智巧妙地歼灭了盘踞在这里的森林警察大队。击毙日本指导官以下7人，俘虏警察一百五十余人，缴获其全部枪械，还得到一部无线电收报机。战斗结束后，遣散了工人，有的参加了抗联部队。李兆麟率领着战士们满载着胜利品返回驻地。从此，小兴安岭汤旺河一带完全在我抗日部队控制之下。汤旺河沟里成为三、六军的后方基地，在这里建立了许多密营，还建立了小型兵工厂、被服厂、仓库和医院。为了培训干部，还建立了一所军政学校，校长赵尚志兼，李兆麟担任教育长。这所学校一共办了三期，学员们在这里练习爬山、渡河、瞄准、射击。

也上政治课，学习马列主义，提高政治觉悟，坚定抗日救国的决心。这所学校为北满抗联各军训练和培养了许多骨干。

1936 年 9 月 18 日，在汤原帽儿山北坡召开了珠河、汤原中心

李兆麟（右一）与周保中（左一）、王一知（中）夫妇合影。

县委及三、六军党委联席会议，会上决定成立北满临时省委，李兆麟被选为中共北满省委委员。

这一年冬天，日本侵略者为了扑灭松花江下游和三江地区正在兴起的人民反日斗争的烈火，掠夺三江地区丰富的自然资源，在铁力县境内的神树，集中了大量伪军，建造了一座大兵营。抓了数百名民工，在山里伐木，修筑绥佳铁路。六军得到这个情报后，决定拔掉这根"钉子"。

在一个大雪纷飞的夜晚，李兆麟率二百多名战士袭击了这个兵营。为了避免雪地行军发出响声，他让先头部队的战士用麻袋片把脚包上，他们神不知、鬼不觉地摸了上去。先解决了哨兵，然后冲进大营，打死日本指导官，俘虏了一大批伪军。战斗结束后，李兆麟满怀胜利的喜悦，率领战士们迎着灿烂的朝阳回到了森林宿营地。

1937年，根据中共北满临时省委决定，将东北抗日联军总司令部改为北满抗日联军总司令部，总司令仍为赵尚志，李兆麟任总政治部主任。李兆麟十分善于抓部队的政治工作，经常结合实际给战士讲形势任务，讲当亡国奴的滋味是难受的，国家灭亡是民族的最大耻辱，鼓励大家坚持抗战，克服困难，争取早日将日本侵略者赶出中国。他没有官架子，对大家循循善诱，热心帮助，和蔼可亲。这一时期李兆麟不仅指挥部队打了一些胜仗，作为部队的一名政治工作干部，他在十分危险的环境中，活动在松花江下游的南北两岸，为加强部队的思想建设和组织建设，做了大量工作。

破"围剿"坚持游击战

"七七"事变前后，日本侵略者对东北地区实施了一整套法西斯政策，疯狂地破坏我地下党组织，"围剿"抗日联军，压缩抗日游击区。日本侵略者把主要抗日游击区的民房烧成废墟，抗联战士长年累月住不到房子。原来能在百姓屋子里休息，但山里成了无人区后，抗联将士只能住在帐篷、地窖子等简易密营里。百姓难以跟抗联部队取得联系，抗联重要的补给源也被切断了，日本侵略者企图把我北满抗联各军"聚歼"于松花江下游地区。北满临时省委于1937年6月28日召开了执委扩大会议，决定在三江平原地区的抗联主力部队突破敌人的包围，到小兴安岭西麓敌人暂时统治薄弱的黑嫩平原，依托山区开辟新的游击区。会议根据赵尚志提议，决定担任联军政治部主任的李兆麟兼三军政治部主任。同年8月，抗联三军和六军根据会议决定，派出了西征先遣队。这时，李兆麟以北满临时省委代表、联军总政治部主任的身份活动在松花江下游地区的各军之间。为协调各军之间的关系，整顿部队，做好开辟新区的准备，进行了艰苦细致的思想工作。他在一封信中曾这样写道："与我共同工作的任何同志都是热心救国的'萍水相逢、他乡之客'，我实愿意将抗日救国之主张深入到每个中国同胞的脑海里，他好能同我携着手共同去进行光荣的神圣事业。"李兆麟拿出了十几天的时间做独立师师长祁致中的工作，耐心地给他讲党的政治主张，坚定他抗战到底的决心和信心。在党的帮助下，祁致中领导的独立师后来改编为东北抗日联军第十一军。

李兆麟作为北满临时省委的代表，在整顿三江地区的抗联部队，分期分批组织队伍西征，以及坚持在下江开展游击活动等方面，发挥了重要的作用。

1937年冬，由于敌人发动强大攻势和"围剿"我军，抗日游击区更加缩小，抗联部队的给养和武器供应发生严重困难。东北的抗日游击战争进入了艰苦阶段。

1938年4月，李兆麟接到出席在依兰县境内青山里召开北满临时省委第七次常委会议的通知，在去参加会议的路上，到处都有敌人活动的踪迹。李兆麟对

横扫千军　还我河山

——抗联名将李兆麟

他的警卫员说:"我要是牺牲了,你千万要记住,不要让敌人得去我身上的皮包,你要把它送到北满省委去,因为皮包里有许多重要的党内文件。"这次会议刚结束,敌人就进山袭击省委机关,省委书记张兰生率省委机关向西北方向转移。为了保证省委机关安全转移,李兆麟率领部分队伍把敌人引向相反方向,边打边退,最后在依兰汤原界的四块石地方甩掉了追踪的敌人。此后,他又率六军教导队向萝北、绥滨转移,在路过格金河时,打退了三四百名敌人的追击。经过长途行军,部队到达萝北梧桐河,与六军一师、四师、五师会合。北满省委对李兆麟的工作很满意,给予很高评价。1938年5月23日在给李兆麟的信中说:"由于你的机智积极,终于克服了种种困难,你实为布尔什维克的勇士,如有你这样的不屈精神积极地努力……一定能使下江各地的各种复杂问题得到解决。"

6月初,北满临时省委根据下江地区形势的急剧变化,在通河县召开了第八次常委会议,决定各军尽快突破敌人对下江部队的包围,组织三、六、九、十一军向西北远征,建立起西北指挥部,指定李兆麟参加建立西北指挥部的准备工作会议。由于三军军长赵尚志已去苏联,故决定李兆麟以抗联总政治部主任的资格领导三军工作,担负起组织部队西征的重任。李兆麟未参加这次会议，但他接到省委指示后，积极贯彻常委会议作出的关于西征的决定。7月间，他在萝北县境内的麻花林子召开了在该地区活动的师团以上干部和下江特委领导人参加的会议，大家一致拥护省委关于西征的决定。会后，各主力部队按计划陆续踏上西征的路途，先后到达海伦县境的八道林子。此后，部队一路向嫩江、德都、黑河前进；一路在通北、海伦、绥棱、铁力、庆城一带活动。

为了牵制敌人，支援西征主力部队，做好下江部队的留守工作，李兆麟继续留在下江，于萝北、富锦、宝清一带，积极坚持游击战争。1938年8月下旬，李兆麟与活动在富锦境内抗联四军的一支留守队伍会晤。在回来的路上，他远远看见日军佐美骑兵旅向四军驻地袭来，就立即调转马头要回到四军的驻地，警卫员怕出危险，想阻拦他，李兆麟立即说："我们不能眼看四军的革命队伍受损失，一定要回去！"说着，便驱马前去。敌人的马蹄声由远而近，李兆麟和四军的指战员沉着应战。当敌人来到跟前，我军的机枪步枪顿时响了起来，日本骑兵乱成一团。在夜幕降临时，李兆麟和四军的同志们冲出了包围圈。

1938年秋天，是一个阴雨连绵的季节，农历七月底的一天，李兆麟率领部分战士从萝北老等山乘船顺江直下。当时风狂浪急，船小人多，小船几次险些被风浪击翻，一位同志不幸落水，被巨浪卷走，同志们心情都很紧张。李兆麟迎着风浪，沉着镇定地坐在船头上指挥大家用饭碗、小盆淘水，要大家坐稳，不准摇动。经过几个小时与恶浪搏斗，队伍安全靠到松花江南岸。时已深夜了，同志们走进一片高粱地，地里泥水没膝深，既不能坐，更不能躺。李兆麟就带头站到天亮。为了活跃气氛，鼓舞士气，他不时给大家讲故事、说笑话。天亮后，他派人出去探查，了解到这里是韩家园子，群众生活很苦，群众基础很好。于是李兆麟决定把队伍带到村子里，召开了群众大会，他在会上讲了话，文艺宣传队还表演了文艺节目。老百姓拿来煮好的苞米慰问部队，还有的青年当即报名参了军。当他们离开的时候，群众依依不舍，含泪送别。

这一年的秋末，李兆麟得知十一军一师的三百多人，被敌人包围在富锦的南老道庙山谷里。他立刻决定带领六军教导队的180名同志前去营救。经过一夜急行军到了腰梭拉岗，甩开了跟踪的敌人。但走了不远就遇到了沼泽地。人在草皮上走，一起一伏直摇晃，一不小心就会陷进去。李兆麟走在队伍的前面，一面讲怎样走"漂筏甸子"，一面做样子给大家看。就这样，他们用了一天半的时间，才走出了这片沼泽地。接着，又来到一条小河边，水面挺宽，还结着一层薄冰。李兆麟向战士下达了蹚水过河的命令。他自己弯下腰紧了紧鞋带，第一个走进齐腰深的河水里。在他的带动下，180名战士迅速渡过小河，跟着李兆麟跑步前进。第二天中午，队伍赶到南老道庙沟，他指挥部队分几路向敌人发起冲锋。这时，被围困的十一军一师战友向外突围，在内外夹攻下，敌人混乱起来，包围圈被打开了缺口，十一军的三百多名同志在李景荫师长的带领下，终于冲了出来，两军战友胜利会合。李兆麟帮助整顿巩固了这支队伍，又对下江的留守工作进行了具体部署。根据三、六、九军已一致西进的情况，于十一月份开始率六军教导队和十一军的同志，作为最后一批远征队伍，离开下江，翻越小兴安岭，向黑嫩平原西征。远征部队冒着暴风雪和零下40多度的严寒，在茫茫林海雪原中坚持行军，千难万险挡不住抗联战士为了民族解放而勇敢前进的步伐，这支远征部队终于在12月末到达海伦与前两批西征部队会师。

历艰险率部西征

　　李兆麟和他率领的抗联战士，面对武装到牙齿的敌人，历尽千难万险，英勇顽强地奋战于冰天雪地、崇山密林之中。他们始终保持高度的革命乐观主义精神，终于坚持到胜利。

　　1938年11月，李兆麟在汤原东部的老白山下江留守队总部密营里整顿队伍，进行西征的准备。16日，他给北满临时省委写信，报告下江地区工作布置的情况，在信的后一部分，他饱含革命情谊，表达了抗联战士和他个人在艰苦环境中的乐观精神和抗战必胜的坚强信念。他写道："同志们，快到下半夜三点了，不写了，再见吧！两边的青年战士在吃松子、萝卜和棉

衣不齐的环境中，却是欢笑的疲困，鼻息悠悠地入睡了。我正是无钱、无粮、无干部，过了4个月残酷斗争生活，今天正是身边一个铜元都花掉的日子，革命热情燃烧着我的精神，非常高兴地向着抗日的光明处狂奔。"当时已进入严冬季节，大雪覆盖了小兴安岭山林，战士们的冬装还没换上。李兆麟派部队袭击了鹤岗市郊的日本仓库，缴获了一些棉布和棉花，动员战士自己做冬装。六军教导队的夏风林和李长有两个小同志，在李兆麟亲自指点下，做了一套棉衣样子，李兆麟试穿了一下，很满意，就让他们二人作指导，大家自己动手做。几天功夫，就做了一百多套棉衣。再加上群众送来的凝结着东北人民深情厚谊的棉衣、棉被，解决了战士的冬装问题。

　　在西征途中经历的困难，更是罕见的。长途行军中，战士们的手和脚都冻得破裂了，胡须和眉毛上挂着厚厚的冰霜。他们白天分成小部队行军，夜晚集中宿营。身上带的干粮很快就吃光了，每天只能从倒木上找一些干蘑菇吃，甚至把皮带剁成小碎块煮了吃下去。有一次他们在第二批西征部队的宿营地找到一些已经发霉的马皮，战士们用火烧烤时，虽然也发出一些糊香味，但放在嘴里难嚼难咽。李兆麟鼓励大家说："同志们，为了抗日，我们必须保住生命。"他一边说，

横扫千军　还我河山

一边和大家一起吃掉了这些烂马皮。他虽然也饿得全身无力，但他仍乐观地给大家讲古代伯夷、叔齐二人宁肯饿死首阳山，也不食周粟的故事，鼓励大家战胜困难。他说："我们宁肯饿死，也要忠于祖国，绝不能动摇抗日到底的信念。"

夜晚，部队在零下四十多度的森林里露营，战士们围着篝火，烤着湿透了的脚布和乌拉草，烤着烤着就睡着了，有一位战士因饥饿和劳累，神经失去控制，一头扎到火堆里。当同志们把他拉出来时，这位战士已经牺牲了。李兆麟和他的战友们怀着悲愤的心情，焚化了这位战友的遗体。此后，每当宿营的时候，李兆麟总是提醒大家不要离火堆太近。当战士入睡后，和大家一样劳累的李兆麟，却坐在篝火旁边，一面向火堆加柴，一面和其他领导同志研究第二天部队的行动计划。

每当遇到困难时，李兆麟总是鼓励大家说："我们就要到达目的地了，离延安和党中央比过去更近了，我们很快就要和中央红军取得联系了，大家要坚持斗争，渡过这黎明前的黑暗。"

在硝烟弥漫的抗日烽火中，在西征的艰苦岁月里，李兆麟和他的战友们切磋琢磨编写了一首著名的《露营之歌》。这首歌生动地反映出无论是"暴雨狂风"的恶劣天气，还是"足溃汗滴气喘难"的艰苦行军；无论是"敌垒频惊马不前"的重重"围剿"，还是"冷气侵入夜难眠"的雪地露营，都不能动摇我抗联战士从敌人手中"夺回我河山"的钢铁意志。这首用古曲《落花》调填词的《露营之歌》，共有四段歌词，内容是：

（一）

铁峰绝岩，林木丛生，

暴雨狂风，荒原水畔战马鸣。

围火齐团结，普照满天红，

同志们！锐志哪怕松江晚浪生。

起来哟！果敢冲锋，

逐日寇，复东北，天破晓，

光华万丈涌。

（二）

浓荫蔽天，野花弥漫，

湿云低暗，足溃汗滴气喘难。

烟火冲空起，蚊吮血透衫，

战士们！热情踏破兴安万重山。

奋斗哟！重任在肩，

突封锁，破重围，曙光至，

黑暗一扫完。

（三）

荒田遍野，白露横天，

野火晶莹，敌垒频惊马不前。

草枯金风急，霜晨火不燃，

弟兄们！镜泊瀑泉唤醒午梦酣。

携手吧！共赴国难，

振长缨，缚强奴，山河变，

片刻息烽烟。

（四）

朔风怒吼，大雪飞扬，

征马跪踢，冷气侵入夜难眠。

火烤胸前暖，风吹背后寒，

壮士们，精诚奋发横扫嫩江原。

伟志兮！何能消减，

全民族，各阶级，团结起，

夺回我河山。

这首革命历史歌曲是李兆麟和抗联战士浴血奋战、英勇斗争、艰苦生活的真实写照，也反映了抗联战士坚韧不拔、坚信抗战必胜的革命乐观主义精神。

英勇的抗联战士，在李兆麟的率领下，经过一个多月的长途跋涉，行程千余里冲破敌人的重重包围，终于在1938年12月底，到达小兴安岭西麓的海伦县境内，在白马石后方基地与先头部队会师，完成了战略转移。这次西征的胜利，粉碎了日伪妄图把我抗联部队"围歼"在伪三江省境内的罪恶阴谋，不仅保存了北满抗联的一部分主力部队和骨干力量，也为后来在广阔的黑嫩平原，依托山区开展游击战争，打下了基础，开辟了东北抗联对日战争的新局面，具有不可估量的战略作用和历史意义。

负重任　打击敌人的嚣张气焰

1939年1月28日，中共北满临时省委召开了第九次常委会议，根据工作需要，决定建立由李兆麟负责的中共嫩海地区代表团。随后，建立起讷河、肇州两个县委。将部队统一编成四个支队和两个独立师，设立了龙南、龙北两个临时指挥部。支队和独立师的总指挥为李兆麟。4月12日，临时省委召开了执委第二次扩大会议，决定将北满临时省委改为北满省委，李兆麟被选为省委常委兼组织部部长。会上决定撤销北满抗联总司令部，以三、六、九、十一军为基础，成立东北抗日联军第三路军，并建立起第三路军总指挥

部。李兆麟任总指挥，冯仲云任政委，许亨植为总参谋长。根据会议决定，于5月30日在德都县东北的朝阳山后方军事根据地，正式编成东北抗日联军第三路军，并发表了成立宣言，向全国通电。这时全军共有五百余人。从数量看部队人员是减少了，但部队的素质却有了很大的提高。这是一支在党的领导下，经过长期民族革命战争锻炼和考验的武装部队，他们在十分困难的环境中，高举抗日战旗，英勇不屈地为民族解放而斗争。

为鼓舞斗志，振奋军心，抒发自己的满怀壮志，李兆麟编写了一首《第三路军成立纪念歌》，在部队中广泛地唱了起来。歌词的内容是：

（一）

绚烂神州地，白山黑水间。

八载余，强敌嚣张，铁蹄肆踏践。

中华民族遭蹂躏，惨痛何堪言！

骨露原野，血染白山巅。

义愤填膺，揭竿齐向前。

誓驱倭寇，团结赴国难。

民族自救抗日军，铁血壮志坚，

杀敌救国复河山。

（二）

驰骋吉、黑边，横扫哈东南。

军威远，松江动荡，兴安亦震撼。

冰天雪地朔风吼，夜雨复霜天。

救亡壮志，永矢兮弗谖，

鼓角乍鸣，将士各争先。

杀声四起，敌寇心胆寒。

六载于兹未稍懈，孤军喋血战，

伟哉豪气长虹贯！

（三）

机动游击战，哭破嫩江原。

貔貅健，长驱挺进，到处得声援。

反日怒潮澎湃起，爆发指顾间。

李兆麟将军用过的公文包（现在北京抗日战争纪念馆展出）

响应我国对日总抗战，

消灭日贼走狗与汉奸。

精诚团结，粉碎封锁线。

救国重任万众担，势急不容缓，

国耻血债血来还！

（四）

举国鼎沸兮，全民总抗战。

烈焰炽，战争烽火，燃烧遍中原。

东北抗联齐奋斗，统一指挥建。

三路军成立，军民齐腾欢，

厉兵秣马，慷慨赴火线。

果敢冲锋，寇氛一扫完。

民族革命成功日，红旗光灿烂，

高歌欢唱奏凯旋。

在黑嫩平原纵横驰骋。

东北抗日联军第三路军在德都朝阳山编成，总指挥部正式成立之后，为加强对各地抗日游击战争的领导，决定成立三个地区性指挥部：龙北指挥部；龙南指挥部；下江指挥部（后因徐光海牺牲，未能正式成立）。在中共北满省委正确方针指导下，在东北抗联第三路军总指挥部和李兆麟总指挥的统一部署和领导下，第三路军在黑嫩平原地区纵横驰骋，活跃异常，积极开展游击活动，使敌人为之震惊。伪满警察协会出版的《满洲国治安小史》中曾这样写道：东北抗联"第三军以旧三军、六军为基干编成……盘踞于北安、三江、黑河、滨江各省边境之小兴安岭山中"，"以通北、北安两县为根据地，'蠢动'于北满一带。"

这一时期，抗联第三路军，无论是龙北还是龙南所属的各支部队，在开展抗日游击活动中，都打了许多胜仗。抗联第三路军和总指挥部的成立，实现了北满抗日部队的领导统一、指挥统一、军事统一、纪律统一，使部队内部更加巩固，有力地促进了北满抗日游击运动的深入开展。同时，第三路军的编成，使之与第一、二路军遥相呼应，更有利于配合全国抗战，

横扫千军 还我河山
——抗联名将李兆麟

共同打击敌人。此后，北满抗联部队在第三路军总指挥部统一指挥下，积极开展游击活动，黑嫩平原的抗日游击战争进入了一个新阶段。

在龙江北部平原地区开展活动的抗联第一、二支队，在李兆麟、冯治纲的领导下，以"到群众中去"为动员口号，积极主动地进行工作，取得了较为突出的战果。

由三军三师八团一连38人、六军一师六团40余人组成的第一支队，最初称"江省西北远征队"，在队长张光迪，政治部主任陈雷率领下，从海伦八道林子出发，向德都五大连池挺进。部队路经通北、北安县境时，受到当地广大群众的热烈欢迎和支援。在与敌人激战中，缴了3挺机枪。后来，第一支队又深入到嫩江东部和北部地区开展活动时，不断遭到敌人的袭击。尤其是在松门山与追击的敌人作战中，部队伤亡较大，支队长张光迪负伤。最后，在敌人的地面骑兵和空中飞机昼夜追击和侦察的逼迫下，于1939年2月下旬，在黑河上游马厂附近过江进入苏境。同年七八月间，张光迪、陈雷等又先后返回龙北的抗日战场，接受了新的斗争任务。

由第三军三师八团二连，六军二师十一团、十二团组成的第二支队，在支队长冯治纲、政治部主任赵敬夫的率领下，于1939年初，深入到德都东部地区，在讷谟尔河一带开展活动。这时，由伪德都县警务科长率领的三十多人的警察队，在我军后部紧紧跟踪追击。为避免抗联部队走后日伪军回屯报复和残害当地群众，我军引诱日伪军出动，打伏击。抗联部队埋伏好后，便派伪屯长孟繁贵到距田家船口屯西3.5公里的腰屯警察分驻所去报告：抗联部队到了田家船口屯。日伪军果真上钩，上午9点多钟，载着30来名日伪军的两辆汽车从县城向田家船口屯开来。当我第二支队行进到距德都只有18千米的田家船口屯时，用伏击战术，早已埋伏好的战士们利用有利地形一齐向日伪军开火。隐蔽在屯南方向的抗联部队从后边兜过来，包围了日伪军。激战中，抗联部队击毙了伪警长文叶达，击伤了伪警长荣广利，活捉了德都县伪警务科长刘日升，其余警察也全部被俘，得步枪三十余支，在战斗中我方无一伤亡。战斗结束后，被俘虏的警察经教育后全部释放。

田家船口战斗后，第二支队在冯治纲的率领下，沿讷谟尔河向德都的西部地区转移时，受到从北安、克山、讷河等地调来的大量日伪军的追击，敌人妄图将第二支队聚歼在这一地区。当第二支队到达德都西部15千米的谷家窑屯时，已是四面受敌。我第二支队

横扫千军　还我河山

——抗联名将李兆麟

被包围在这个只有十几户人家的小屯之中，部队被迫固守在这个小屯的土围子里。战斗打了一整天。夜幕降临后，我部从敌人火力较弱的城南打开一个缺口，在高喊"中国人不打中国人"的口号声中，突出了敌人的重围。在这次突围中，第二支队只牺牲一名叫秦福的青年战士，以极小的代价，取得了突围战斗的胜利，使敌人企图消灭我第二支队于德都的妄想破灭。

谷家窑突围战斗的胜利，是继田家船口伏击战胜利之后又一次胜利。这两次战斗不仅打击了敌人，粉碎了敌人妄图"聚歼"抗联第二支队的计划，也坚定了我军和广大群众积极开展抗日救国斗争的胜利信心。

第二支队从谷家窑突围之后，在冯治纲的率领下，正在向讷河、嫩江等地移动，准备到这一地区继续开展游击活动时，李兆麟率领军部教导队亲临第二支队视察指导工作。他到这里后，协助冯治纲带领第二支队在敌人大部队刁二断袭击的局面下，迅速脱离德都地区。

李兆麟到达第二支队，听取了支队长冯治纲的汇报后，首先表扬了冯治纲和部队的全体战士在德都与敌人两次作战中取得的胜利，使第二支队官兵受到极大鼓舞。接着，他又勉励部队要积极开展活动，狠狠打击敌人。最后，他表示支持支队长冯治纲的行动计划，将部队带向北部的讷河、嫩江一带地区继续开展游击活动时说：在敌强我弱的统治区域内开展游击活动，不能固守在一个地方，要贯彻抗日游击战争中的机动灵活的战略战术原则，采取夜袭、突袭和远距离奔袭的战术，才能有力地打击敌人，保存自己。

李兆麟同第二支队向北移动时，于4月27日击破了龙镇附近的紫霞宫警察分署，并在龙镇日军机场东约五千米的地方击毙了守卫机场的日军8名。5月5日攻占龙门火车站。接着，又在讷河东部的三合屯截击警察队，缴步枪三十余支、匣枪2支、轻机枪1挺。

总指挥李兆麟到第二支队的一个多月中，亲临前线与部队战士一起战斗，一起生活，密切了官兵关系，鼓舞了部队的士气，推动了平原游击战争的发展。

此后，根据总指挥李兆麟的部署，第二支队的三、六军部队，时分时合地活动在北安、德都、通北、讷河、嫩江等广大地区。

第二支队中的三军八团，在团长姜福荣的率领下，于6月20日，在北安附近的李殿芳屯活动时，与敌接火，击毙伪军一名，由于我军人少，未能在战斗中全部歼灭敌人。随后，又袭击了德都县红花鸡（现团结村）警察所。枪响后，大部分伪警察闻声远逃，只有4

东北抗日联军炸毁的日军列车

名被活捉，得步枪4支，弹药500发。部队在第三天
后，又突然袭击了讷河县出名的地主高四阎王院套。
这个日本人的忠实走狗，在前几天将我军派到地方的
两名地下工作人员逮捕，送交警察所后被敌人杀害。
为了震慑敌人，为同志报仇雪恨，我军枪毙了这个被
称为东霸天的高四阎王——高殿卿。这一举动在讷河
人民群众中震动很大。6月27日，部队又折回北安县
境，在破曹乃修屯时，全部解决了敌人。8月15日又
一度攻陷了老龙门火车站。

第二支队中的六军十二团，在支队长冯治纲的率
领下，从通北南北河进入了克山县北部地区，于8月

22日深夜攻进了北兴镇。伪警察和自卫团的武器弹药全部被缴获。后来将这部分武装全部交给新建起来的地方游击队——讷河人民抗日先锋队。

第三路军第二支队在1939年以来半年多的活动中，频繁袭击了敌人的军事据点、伪警察署（所）、火车站和军用飞机场，不仅打击了敌人，而且也锻炼了部队。为了狠狠地打击敌人，鼓舞部队在平原地区开展游击活动的胜利信心，第二支队在总指挥李兆麟的部署下，决定在日本帝国主义发动"九一八"事变，武装占领东北的这个日子里，攻陷讷河县城。

9月15日，冯治纲率领第二支队中的三军八团、六军十二团，共计一百二十余人的队伍向讷河县城挺进。9月18日夜里，在讷河人民抗日先锋队的配合下，兵分三路强攻讷河县城。按攻城战斗的部署，六军教导队，三军八团，在冯治纲、姜福荣的指挥下，攻打伪军北大营；六军十二团在王钧的指挥下，攻打伪县公署警务科、监狱和银行；讷河人民抗日先锋队，攻打伪警察训练所。夜晚11时整，第二支队长冯治纲一声令下，三路攻城大军，乘敌不备向县城发起总攻。经过激烈战斗，县城终于被攻克，活捉了北大营伪军团长孙承义和警务股长、特务科长、警察署长等重要官吏。缴获了数百支步枪、三万余发弹药，还有许多

横扫千军 还我河山

1943年李兆麟和妻子金伯文、儿子立克的合影。

粮食、被服和其他一些军用物资。我军还打开监狱，释放了狱中被关押的人员，其中大部分拿起武器参加了抗日部队。19日凌晨，第二支队撤出县城后，在向东挺进时，又接连解除该县东部的孔国村和龙和镇警察分署的武装。

第二支队长冯治纲，率队撤出讷河县城后，立即赴总指挥部向总指挥李兆麟汇报工作。李兆麟说：在正确战术指导下，不畏强敌，敢于斗争，就能获得胜利。第二支队在"九一八"八周年纪念日的当夜，攻陷了龙北重要县城讷河，这不仅是最近我军在龙江地区活动中所取得的一系列胜利中的又一次胜利，也是北满抗联自1937年"七七"事变以后又一次重大胜利。这一胜利，将会进一步鼓舞和坚定在黑嫩平原各地的抗日部队积极开展活动，夺取胜利的信心。对于讷河县委和地方党组织的工作，李兆麟也给了很高的评价。他说：部队在本年初进入龙北地区之后，讷河中心县委结合部队活动，既在群众中积极开展地方工作，建立起秘密的地方党组织和地方抗日救国会，发展了许多会员，也建立起一支三四十人的地方性质的小游击队，即讷河人民抗日先锋队。这次讷河县委的领导同志在探明敌情、支援部队攻城作战中都作出了重要贡献；地方武装在与抗联大部队一起攻打讷河县城的战斗中，不但得到了锻炼，也立了战功。

冯治纲向总指挥李兆麟汇报工作后，李兆麟看到冯治纲这一时期率队活动，战斗频繁，条件艰苦，身体欠佳，便派部队护送冯治纲到德都朝阳山总部后方医院休养，使他尽快恢复健康。

展开平原游击战

第三路军总指挥李兆麟，在第二支队长冯治纲走后，便同三军八团姜福荣，六军十二团耿殿君、王钧一起研究了龙北地区的形势和部队今后的斗争任务。然后他直接率领和指挥部队继续活跃在讷河、嫩江一

带。

此间，日本关东军于1939年5月，在中蒙边境地带，向苏联军队进攻，挑起诺门坎事件。在苏联军队自卫反击下，日伪军遭到挫败，伤亡一万多千人。我第三路军于5月建成后，活跃在龙北地区，接连不断地打了许多胜仗，直至"九一八"攻陷龙北的重要县城讷河镇，给了敌人很大的威胁。1939年9月，日军向苏方要求议和，在莫斯科签订了诺门坎协定，停止了延续三个多月的战争。

诺门坎战争刚一结束，日伪当局便从苏蒙边境抽调大量军队到内地，来对付我活跃在黑嫩地区的第三路军，实现其年初制定的所谓"汇攻"我军的计划。

李兆麟在与北部部队领导人员分析了形势之后，指出：今后的斗争任务会更加艰巨和困难。我们应在

"巩固现有力量，发展新的抗日武装部队，巩固现有群众关系，扩大新的群众基础的口号下，冲破敌人布置的所谓'黑（河）北（安）龙（江）'三省汇攻计划"。因此，部队在新的斗争任务和形势下，要采取化整为零、分散活动、大踏步前进、大踏步后退的游击战术，要昼伏夜动，寻找敌人的薄弱环节，采取突袭的方式，巧妙地打击敌人。他说：这就是我们要冲破敌人的围攻，夺取新的胜利的重要方法。

第三路军在龙江北部地区的各支部队，在李兆麟的部署和直接指挥下，继续开展活动，到处袭击敌人。

10月，六军十二团在讷河县讷谟尔河南袭击了日本开拓团，得马百余匹，使部队由步兵变成了骑兵，更有利于在活动中实现部队大踏步前进和大踏步后退的游击战术。随后，部队又在讷河唐大火犁屯与日伪军讨伐队相遇，在激战中击毙敌人数名，得轻机枪1挺、步枪32支、手枪4支。接着，六军十二团，在六军教导队参加下，又攻破了讷谟尔河南的讷南镇，得步枪50支。前进中又打开九井伪警察分署，得步枪十余支。10月30日，又攻入克山县西城镇，得了许多枪支弹药和大量的棉衣、棉帽、乌拉、毡袜等物资，装满了两卡车送往后方基地，使部队的冬装得到了解决。

与此同时，三军八团在团长姜福荣的率领下，于

10月中旬，在讷河东部大约九十华里的三合屯，与阻击我军的日伪军讨伐队相遇，在激烈的战斗中，击溃了4倍于我的敌军。

这时，李兆麟亲自率领军部教导队深入到距讷河县城不到五十华里的哈里屯（现为孔国乡兆麟村）的纪家窝棚。这里是大地主纪风楼种地时雇工干活临时住的窝棚。李兆麟到达此地后，便让为地主管窝棚的人去给纪风楼送信，强令纪风楼同村里的地主一起到这个窝棚来。他们来到后，李兆麟逐个点名，一看四家地主都到齐了，他便向到会的地主以及给地主干活的雇工们，讲了东北抗日联军的性质和任务，然后说：我们这个部队在今天就是专门打日本鬼子，或投降日本的卖国贼、汉奸、恶霸和走狗，为国除敌，为民除害。一切爱国的人民和群众，都有义务来参加和支援人民自己的部队——东北抗日联军。讲到这里时，李兆麟就具体地提出："今天把各位请来，

民族英雄李兆麟遇难地

就是要求你们也为抗日救国事业做点贡献，限你们四家"，李兆麟又念了一遍四个地主的名字，"要在半个月内为抗日联军送棉装160套、乌拉160双、棉帽子160顶。如能按期送到，证明你们是具有爱国之心的，人民不会忘记你们为抗日事业所做的贡献。"最后，李兆麟又提醒他们说："你们都知道讷河县的那个出名的东霸天、高四阎王破坏中国人民抗日事业，与抗日联军为敌的下场吧！"这四家地主听了李兆麟的抗日宣传后，表示要为抗日救国出力。嗣后，他们没有到日本人那里去报告，都默默地按照李兆麟向他们提出的支援抗日部队的要求办了。这批物资送到后，使六军教导队和三军八团的全体人员的冬装也得到了解决。

1939年，特别是第三路军建成以后，在青纱帐起

李兆麟将军——民族之魂

的夏秋季节，在开展平原游击活动中，给敌人以很大的打击。日伪统治者为扑灭龙北地区正在燃烧的抗日烈火，于同年入冬之后，派出了数千名日伪军在讷河、嫩江一带开始对抗日群众进行残酷镇压，对抗联进行疯狂"讨伐"，使第三路军龙北部队减员很大。第二支队所属第三军八团团长姜福荣、第六军十二团团长耿殿君等同志在反"讨伐"战斗中壮烈牺牲。

中共北满省委于1939年11月，在龙北召开包括地方党组织领导人参加的高级干部会议。会上，李兆麟首先肯定了这一时期部队和地方的同志积极开展武装斗争和地方工作所取得的成就。然后他指出，部队在讷河东部地区活动比较频繁，与敌接战次数较多，给敌人的打击较大，目前敌人正调动大部队对我在讷东一带活动的抗日联军进行疯狂的"讨伐"。如何对付这一局面，他在会上和部队以及地方领导人一起研究对策。最后，在大家意见一致的基础上，作出了突破敌人"讨伐"，开展游击运动的新部署。讷河中心县委把讷河县的地方工作安排好后，主要领导同志向克山、依安等地转移，第十二团也暂时向克山、拜泉等地移动，把敌人的注意力引向那里。这样，将会使讷东抗日游击区的地方抗日武装和群众的抗日组织得到巩固和发展，抗日群众受到保护。

讷河中心县委的领导同志和十二团，在李兆麟的部署下，开始向克山、依安、拜泉等地转移。李兆麟率领六军教导队和三军八团一起向德都、通北南北河一带移动。

李兆麟几次来到讷河抗日游击区，无论是指挥部队作战，还是部署部队或地方的工作，都特别注意军民关系。每到一地，他总是要向群众进行宣传讲演，带头给群众担水、背柴、扫地、干农活等。他的这些行动影响着部队的广大战士，扩大了我军在龙北地区广大群众中的政治影响。

1939年，日伪当局曾调动了黑河、北安、龙江三省的大量兵力"围剿"我军，但我军在游击活动中粉碎了敌人的"黑、北、龙三省汇攻计划"，使其鼓吹的在德都"五大连池会师"的预谋彻底破产。

从1939年初到1940年初，抗联第三路军的各支部队，在北满省委常委、第三路军总指挥李兆麟的统率和指挥下，在龙江北部地区活动于十余县的范围内。据不完全统计，同敌人进行规模较大的战斗就有四十余次，其中三十余次是全胜的。共击毙敌人二百五十余人，其中日军占40%。俘虏敌伪军警人员500人以上，攻袭城镇七八处，破坏火车站3个。共缴获各种武器五百多支，轻机枪5挺，重机枪1挺，还有子弹四万五千余粒。

向龙南部队提出新要求

　　龙江南部平原地带，是敌人力量部署较强的地区。1939年初，在这里活动的部队，在敌人严厉"讨伐"的形势下，为避开日伪军正面进攻，有的曾深入到绥化、海伦的呼海铁路以西地区，虽然也取得了一些胜利，但也受到一定的损失。

　　1939年1月9日，第三支队袭击了绥棱三道河子、一棵松日本移民团森林采伐作业区。2月间，又深入到海伦东部的李三麻子、四海店、拉拉屯等许多村屯，在群众中进行抗日救国宣传，扩大了抗联部队在群众中的影响。入夏之后，利用青纱帐的掩护，部队又深

李兆麟遇害地

入到海伦、绥棱和通北的广大地区，积极开展抗日活动，对广大群众进行爱国主义思想教育。但在这些地区开展活动时，也遭到日伪军的不断袭击，部队受到了一定的损失。

第四支队于1939年2月16日（农历腊月二十八日），从绥棱出发，穿越呼海铁路线，晚间到了四方台附近李老卓屯，受到群众热烈欢迎。第二天，由于本屯汉奸王成才告密，七十余人的部队被七百多名日伪军重重包围。支队长雷炎指挥部队突围，虽也打死打伤许多敌人，但我军10名青年战士英勇牺牲，雷炎同志也献出了宝贵的生命。

在龙南地区活动的独立一师，除一团部分人员在木兰县一带坚持开展活动外，其余人员于1939年夏，在绥化东部、庆城西部地区开展群众工作，对群众进行抗日救国的思想教育，扩大抗日部队在群众中的政治影响。

活动在龙南地区的独立二师，于1939年夏，在铁力东北部地区开展游击活动中取得了一些胜利，但部队也遭到不小的损失。师长马光德、第七团团长张连科，在袭击敌人时，不幸牺牲。以后龙南部队活动相对减少。从当时情况看，南北部游击运动的发展是不平衡的。

1939年11月19日，第三路军总指挥李兆麟，在给负责领导龙南地区部队活动的第三路军总参谋长许亨植并转中共北满省委负责人金策同志的信中指出：1939年，"南部队伍是开始了新的行动，在这些行动中是得到一些成绩"，但是，"有的干部对于吾党的关于东北民族革命运动新时期的历史任务了解得不十分明确，不敢扩大抗日救国全民统一战线等"。李兆麟在信中还说，他计划在12月中旬左右去龙南地区。后来因为情况变化未能成行。于本年12月，他以第三路军总指挥部给各独立部队的信的形式，向第三路军各独立部队发出了《关于目前新形势和新的战斗任务》一封长达一万余字的信，目的是使全军人员对目前的形势和新的战斗任务有一个新的了解，以便在今后的斗争中取得更大的成就。

全面布置新的工作任务

1939年秋，李兆麟在讷河抗日游击区指挥部队作战时，亲自率领部队同敌人拼搏，使龙北地区抗日游击运动呈现出新的局面。李兆麟将军又来到活动在讷河的六军二十团，直接部署和指挥部队袭击日伪军。在讷谟尔河南岸袭击了日本开拓团，缴获百余匹马，将部队由步兵改为骑兵，便于部队灵活地在平原上开展游击战,随后,又在讷河唐火犁击溃日伪军讨伐队。接着,相继攻陷了讷南镇、九井乡伪警察分署,势如破竹,锐不可当,沉重地打击了日伪军的嚣张气焰。根据情况的新变化,李兆麟在讷河对龙北部队和地方工作做了新的部署之后,随三军八团于11月初离开讷河抗日游击区,来到了通北南北河三军八团后方基地。

11月8日,李兆麟以中共北满省委常委、第三路军总指挥的身份,在三军八团的后方密营,召开了龙北部队高级干部会议。会议检查了龙北地区将近一年来的工作,重新估计了龙北的经济、政治形势,最后,根据党的策略路线又全面地布置了下一步的工作任务。

11月19日,第三路军在各地开展活动的各独立部队派出的交通员,都先后到达第三路军总指挥部。最近一个时期一直挂念全军各部工作情况、异常焦灼地盼望着各处交通员到达营地的李兆麟,怀着极其兴奋的心情,连夜翻阅各地交通员送给总指挥部的工作报告。看过这些文件后,他又不知疲倦地提笔给负责龙南地区部队工作的许亨植写了一封回信,这份五千字的长信写完时,已是凌晨。

信中,李兆麟向许亨植总参谋长介绍了龙北部队这一时期所取得的成绩,同时指出,目前还存在着一些问题,以及部队在今后的活动中要注意解决的一些问题，并提出了解决这些问题的初步意见。

李兆麟深深地感觉到，目前各地部队存在的问题如不解决，是适应不了新形势下对部队提出的新要求的。因此，他结合中共北满省委在8月份发出的"告北满全党同志书"的内容，研究回顾了第三路军目前的整个状况和问题，及时地提出：巩固部队；武装群众；后方建设、山边游击与平原游击结合；训练干部等四个方面的问题，作为新时期向第三路军提出的新的要求和战斗任务。实现这些要求和任务，对第三路军的思想建设和组织建设，有着重要的意义。

中共北满省委常委组织部长、东北抗日联军第三路军总指挥李兆麟，以《关于目前新形势和新的战斗任务》为标题，将他对东北抗日斗争形势，在全国抗战中的地位和作用的论述，以及适应新形势新任务对抗联部队在建设上所提出的四个方面的要求和任务，书写完毕并亲自署名后，以第三路军总指挥部的名义，于1939年12月20日，发给第三路军各独立部队。他相信这一上万言的重要指示，将会对部队的建设和提高、队伍的巩固和扩大、抗日游击战争的发展和胜利，起到推进作用。

李兆麟同志代表总指挥部向第三路军各独立部队发出的这封指示信，是李兆麟所起草的文件中最有代表性的一篇。他以马克思列宁主义理论为指导，总结抗日游击战争的经验，提出了建设部队的一些根本思想，对部队的建设起了重要的指导作用。在1939年底东北抗联部队远离党中央、各路军之间也难以联系的情况下，李兆麟能做到这一点，确实是难能可贵的。

改编部队统一番号

1939年4月，中共北满省委在通河召开的执委会议上，根据各地工作的需要，曾确定了北满省委三名常委分别负责指导三个地区的工作。金策负责龙南地区，李兆麟负责龙北地区，冯仲云负责下江地区。会上还确定冯仲云到下江地区布置好工作之后，作为北满省委代表立即赴苏，请求苏联远东边防军予以援助，并帮助中共北满省委与中共中央驻共产国际代表团取得联系。

冯仲云根据北满省委的决定，于5月份从通河启程，经过长途跋涉安全到达汤原东部下江留守部队的密营。他在该地一边部署指导工作，一边积极寻求与苏方取得联系的途径，但因与苏联关系中断，未能立即成行。直到是年秋，通过高禹民才与苏方取得联系，于是冯仲云在同年11月下旬到达苏联远东边境城市伯力。他在与苏军代表接触时，请他代请吉东省委书记、第二路军总指挥周保中来苏共同商讨有关东北党组织、军队以及与苏方的合作问题。在苏方的帮助下，周保中于12月也来到伯力。这时，赵尚志由于率队回东北后，在作战中同部队失掉联系，给养断绝，活动困难，亦于同年12月，率司令部十几名人员再次过界赴苏。在周保中、冯仲云、赵尚志与苏军代表的面谈中，苏军代表透露说：已经共产国际同意，远东红军领导方面将要进一步帮助东北人民的抗日游击运动，待东北党组织统一问题得到解决后，将正式建立指导与合作关系。周保中、冯仲云、赵尚志听后十分高兴，感到"东北现存着两千以上的游击队的基干人员，若能得到远东红军领导者的赞助，那么东北游击的命运前途是大有希望的"。随后，周保中、冯仲云、赵尚志经过交谈，于1940年1月24日，吉东、北满党代表会议正式在伯力召开。会上，经过深入细致讨论和研究，得出

072

哈尔滨人民倾城护送李兆麟将军的灵车

了一致的意见：（一）吉东、北满党代表在交换意见、各自作出自我批评、消除过去存在的一些隔阂中，双方一致认为在当前艰苦的抗日斗争中，加强吉、北党组织的团结，实现集中领导和统一行动是十分重要的，"建议首先实现吉东北满党组织领导统一，以达到全东北的党的领导统一"。（二）在分析国内外形势、总结东北抗日游击运动经验教训的基础上，对东北抗联今后的斗争提出了"以保存实力为主，逐渐收缩的方针"。（三）根据斗争形势的需要，实现对抗日联军的统一领导，提出了路军以下之军队编制为：支队、大队、中队、小队，领导人为队长、政委、指导员的原则。部队的番号：一路军为一、四、七支队，二路军为二、五、八支队，三路军为三、六、九、十二支队。

吉东、北满省委代表会议结束之后，北满省委代表冯仲云带着会议的新精神，于1940年3月22日率领随行小部队从伯力出发，横跨黑龙江，经黑河地区返回北满。原来预计12天可以到达北满第三路军总指挥部，由于山中积雪没膝，背载过重，途中又两次遇敌，行动迟缓。冯仲云和随行小部队忍受了数天的饥饿，克服了各种困难，走了21天，终于到达海伦地区，在第三路军后方基地会见了北满省委常委、第三路军总指挥李兆麟。

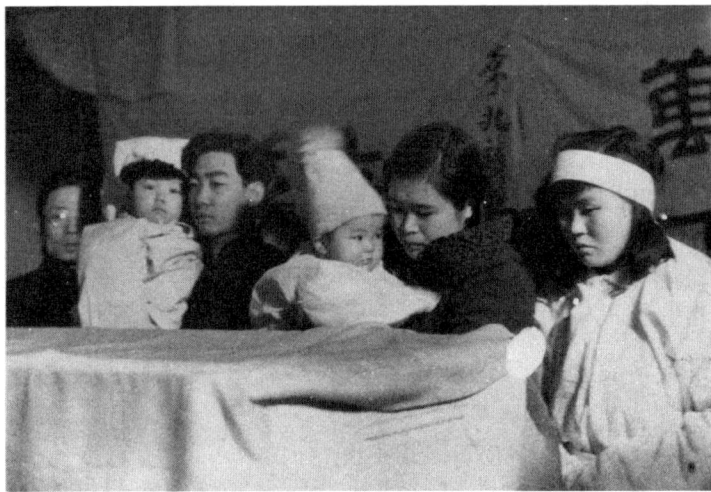

074

　　冯仲云向李兆麟汇报了他去苏后4个月的工作和与苏军代表接触交谈的情况，传达了吉东、北满党代表会议的基本精神，讲述了毛泽东同志为纪念"七七"抗战一周年，在延安抗日战争研究会上讲演的《论持久战》一文的主要内容。李兆麟听传达后，深受鼓舞，他同样感到东北抗日游击运动是大有希望的。接着，他同冯仲云一起详细讨论了会议的基本精神并布置了工作。随后与冯仲云一同去龙北部队集中活动的讷莫尔河一带，根据统一东北抗日联军编制和番号的规定要求，首先将抗联第三路军第三、九两个支队正式编成。三支队队长王明贵，政委赵敬夫，参谋长王钧。这个支队是以原三军三师八团、七十三团和六军二师十二团、三师警卫团为基础合编而成。九支队队长陈绍滨，副支队长边凤祥，政委周云峰，参谋长郭铁坚。这个支队是以原六军十九团、九军二师为基础合编而成。在三、九支队改编之后，冯仲云又带着改编龙南部队的任务南行。他冒着危险穿越敌人的"讨伐区"，在绥棱东山里与北满省委书记金策会晤，向他传达了吉东、北满党代表会议精神和第三路军总指挥部对部队改编的具体意见。"金策同志完全同意和接受上级的新原则指示，并决定将这一指示执行到实际工作中去"。随后，按三路军指挥部改编部队的安排，冯仲云和金策一起将活动在绥棱、海伦地区的抗联第三军、第十一军各一部合编为抗联第三路军第六支队，支队长张光迪，副队长高吉贤，政委于天放。第六支队编成后，冯仲云从绥棱到庆城、铁力安邦河上游地区，会见第三路军总参谋长许亨植，向他传达会议精神之后，将活动在该地区的第三军一部改编为抗联第三路军第十二支队，队长李景荫后为戴洪宾，政委由许亨植兼任。至此，东北抗日联军第三路军所属四个支队按照统一编制的原则全部改编结束。李兆麟作为第三路军主要负责人，积极贯彻执行了伯力会议关于改编部队、统一番号的决定。

朝阳山突围

朝阳山位于德都县北部，隔科洛河与嫩江县交界。境内峰峦起伏，沟壑纵横，荒草遍野，林木丛生。在这个地域广阔、方圆百余里的中心地带，除有朝阳山外，还有大横山、石荧山。这三座大山连绵数十峰，森林茂密，地势险要。它北倚科洛河，东临沼泽地，南有克查山为屏障，西有迷魂阵、黑瞎子沟为通道。从军事上看，确是部队隐蔽攻守、迂回出击的有利阵地。从1939年5月第三路军建成起，这里就成为指挥部的后方主要基地。先后建立了小型兵工厂、武器修械所、被服厂、医院和训练班。

李兆麟率领第三路军龙北部队，以德都朝阳山为后方根据地，在黑龙江北部的德都、讷河、克山、嫩江、北安、通北、龙镇地区开展平原游击战。在一年多的时间里，打得敌人焦头烂额，惊恐不安，取得了辉煌的战果，创造了以德都朝阳山和通北南北河为后方根据地的，小兴安岭山脚下和嫩江、讷谟尔河、南北河流域的广大抗日游击区。

日伪反动统治当局对李兆麟指挥第三路军以朝阳山后方根据地为依托四处出击甚为恼火。游击队的活动不仅对日本侵略军在北部龙镇布设的第二国防线地带的安全十分不利，而且对日本关东军的军事要地孙吴更是一个极大的威胁。于是敌人一面派出伪警宪特人员四处探寻我第三路军指挥机关的后方地点，一面调集大批日伪军警"讨伐"队进山搜剿抗日部队，但始终未能发现我军踪迹。

1940年6月，第三支队在前一时期接连打开克山县北兴镇、嫩江东北的四站、二十里河屯和沐河镇后，又袭击了嫩江大椅山开拓团青年训练所工地，烧毁房屋，解散了被抓去的167名中国劳工，活捉日本工头横山作次郎等4名监工人员。7月14日攻打嫩江科洛村日本铁道队，打死4名日军，缴自动步枪4支。第三支队的英勇活动，引起了敌人的极大注意，立即调驻嫩江的日军和伪军混合编成一百五十余人的"讨伐"队，跟踪追击我第三支队。

这时，第三路军总指挥李兆麟，还有北满省委委员张兰生，为了适应抗日斗争形势发展的需要，进一步提高军政干部的政治、军事素质，正在朝阳山指挥部开办军政干部短期训练班。第三支队长王明贵为了保卫在朝阳山基地开办训练班的总指挥及总部人员的安全，当即派人给总指挥部送信，随后，他带队朝着与朝阳山相反方向撤退，期望把敌人牵向远离指挥部

哈尔滨以李兆麟名字命名的李兆麟街

的地方。可是，在19日这天敌人发现了前几天第三支队派出的为指挥部送开办训练班所需要的油印机和纸张的人员踏出的足迹。狡猾的敌人改变了追击三支队的计划，立即调转队头，沿着脚印直奔朝阳山。当支队长王明贵派出的送信人员到总指挥部时，总部立即派人侦察，发现敌人已进山向我总部逼近。当总部人员撤到约有五里多路远的地方时，已经前有敌人堵截，后有敌人追击，处于敌人的四面包围之中。总部二十余名教导队战士以顽强的战斗精神，同敌人展开激烈的战斗，连续打退敌人数次冲锋。李兆麟和教导队战士一起坚持战斗。和总指挥在一起办班的第三支队政委赵敬夫为了总指挥和总部人员的安全，率小部队突围护送李兆麟和指挥部人员脱离阵地。李兆麟和随行人员在砰砰啪啪的枪声中撤退，突然一颗子弹打来，把他的背囊穿了一个洞。警卫员劝他弯腰前进时，李兆麟还十分风趣地说："活了三十多岁的人还弯着腰跑。"在赵敬夫的护送下，突围成功，使总指挥李兆麟等安全脱险。

中共北满省委委员张兰生、总指挥部机要秘书兼电台台长崔清秀同志牺牲在突围之中。赵敬夫在护送总指挥李兆麟安全转移后，又返回阵地接应部队，在与教导队战士共同突围时，壮烈地牺牲在朝阳山的阵地上。

朝阳山突围战斗，虽敌众我寡，力量悬殊，但我总部教导队战士奋力拼搏，英勇反击，击毙了经常与我军作战的嫩江森林警察大队长董连科以及数十名伪森林警察。

我朝阳山总部人员在苦斗中突出重围的有总指挥和教导队战士等10名同志。张兰生、赵敬夫、崔清秀、关永林、苏德、李毅、夏洪年、陈连生、马国良、车永焕10名同志，为祖国和人民献出了宝贵的生命。祖国和人民将永远怀念长眠在朝阳山上的革命烈士。

朝阳山总指挥部被袭后，李兆麟率领总部人员以德都东部的土鲁木河、海伦东山里八道林子为后方基地，继续坚持并领导着北部地区的抗日斗争。同年12月，抗联第三路军总部为在朝阳山保卫总指挥部的突围战斗中牺牲的10位烈士举行追悼大会。在会场上悬挂着：
"悼念兰生、敬夫暨教导队朝阳山阵亡诸同志"的横额。
两侧挂着第三路军政治委员冯仲云敬献的"为民族生
存，数载苦斗，忠魂长绕朝阳岭；求国家独立，千里转
战，热血洒遍嫩江畔"两条挽联。李兆麟和同志们一起
沉痛地悼念为国捐躯的诸同志，激励抗联官兵要以给敌
人更大打击的实际行动，为牺牲的同志报仇。

攻 克 克 山

第三路军总指挥部被袭后，我军暂时失掉了朝阳
山后方根据地，敌人以为这就是他们"围剿"我抗联
部队的"最后胜利"，正吹嘘他们"战绩"的时候，第
三支队在北满省委和第三路军总指挥部的部署下，在
一个多月的时间内，连续攻克了克山的通宽镇和蔡家
窝堡、讷河县的讷南镇和九井村。部队正按计划准备
攻打克山县城，这时，负责指导讷河县委工作的北满
省委常委、第三路军政委冯仲云带领第九支队来到讷
河。他在这里召集了会议，听取了第三支队和讷河县
委的活动与工作情况的汇报，然后帮助他们研究和安
排攻打克山县城的计划。

经过讷河县委派出的地工人员的侦察，克山县城

驻扎日本守备队，约有五十余人，但营地不在城内，而在县城的西门外。城内平时虽驻有伪军一个团的兵力，但目前正被调进山里执行追剿抗联部队的任务，因而城内防守力量较弱。这是攻打克山县城的有利时机。于是冯仲云、王明贵和县委领导同志共同研究了攻打克山县城的具体计划和战斗部署。决定采取远距离突袭、夜攻的战术，打进县城，打击敌人在袭击我朝阳山后方基地和总指挥部后的嚣张气焰。

战斗计划确定后，在攻城总指挥冯仲云和军事指挥王明贵的率领下，第三、九支队二百余名队员，身着缴获的伪军服装，携带三天的给养，于9月23日从讷河向克山进发。25日拂晓到达克山县城西一块高粱地隐蔽待命。经过一天的休息和准备，战士们个个信心十足，人人摩拳擦掌，等待战斗号令。22点30分，临时战斗指挥部军事指挥员王明贵发出了攻城的信号，各路攻城部队如猛虎出山从隐蔽地迅速攻入城内。经过三个多小时的激烈战斗，攻克了龙北的重要县城克山，占领了伪县公署、伪军团部、伪警察署，打进监狱，释放了二百多名在押的"政治犯"和无辜的群众。这些人在砸开手铐、脚镣之后，大部分立即拿起武器，参加了抗日队伍。

袭击克山的战斗，毙敌13人，缴获迫击炮4门、

横扫千军 还我河山

抗联名将李兆麟

长短枪150余支、子弹万余发、军马40多匹。战斗结束后，我军迅速撤出县城，向德都后方基地挺进。

攻克克山战斗的胜利，是我军自1939年"九一八"攻陷讷河县城之后，所取得的又一次攻打县城的重大胜利。克山是北齐铁路线上的重要县城，交通方便，是日军把守的要地。这一重要县城被攻克，有力地打击了敌人进山"围剿"抗联的嚣张气焰，戳穿了敌人袭击我朝阳山总部之后吹嘘的"讨伐"抗联已取得"最后胜利"的谎言。

10月，第三支队在袭击嫩江的霍龙门车站之后，为了牵制和打击敌人，部队挥师向西进入大兴安岭伪兴安东省境内的阿荣旗、巴彦旗和布特哈旗等蒙古族居住区开展活动。11月，部队迁回到扎兰屯西南横断滨洲铁路线，然后重新北上。12月1日，回师途经阿荣旗鸡冠山与数十倍于我的日军遭遇，在战斗中第三支队击毙许多日伪军，其中有一名日军高级指挥官。但我第三支队政委高禹民、中队长刘志学，在与敌人搏斗中壮烈牺牲。为休整部队，以利再战，王明贵、王钧率领第三支队返回德都后方基地。

第九支队在克山战斗结束之后同第三支队分开单独活动。因前一段陈绍滨在领导支队活动中，工作上主观专断，使部队活动遇到很大困难，被撤销队长职务。副官边风祥提升为第九支队队长。从此，第九支队仍在小兴安岭西部旧区坚持活动。在秋季反"讨伐"斗争中，该部采取灵活机动的战术，避开敌人的进攻锋芒，迂回到敌人的侧翼，先后消灭了日本"讨伐"军竹下部队四十余人，摆脱了敌人的包围。但是，有20名体弱的战士在秋季反"讨伐"斗争中牺牲。还有20名新兵忍受不了冬季游击战中的艰苦生活，先后脱离了部队。其余80名战士是经过多次战斗和艰苦生活考验的队员，他们为民族解放而顽强地战斗在小兴安岭及周围地区的战场上。

这一时期，第三路军龙北部队，在建成第三路军之后，尤其是在李兆麟总结部队经验，提出四个方面要求的思想指导下，对部队实行了统一的编制和番号，加强了部队的建设和领导，使部队的素质有了较为明显的提高。在北满省委的领导下，在总指挥李兆麟的统一部署和直接指挥下，到1940年底，龙北部队活动在北满17个县区的范围内，有力地牵制和打

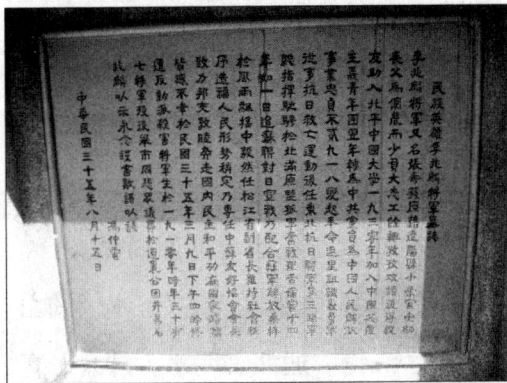

李兆麟将军墓铭

击了敌人。共经历了大小战斗300余次，攻克了包括讷河、克山县城在内的城镇27处，袭击火车站5处，日本移民团义勇队训练所5处，袭击日军机场1次，颠覆日军用列车2次，俘虏敌伪军警1557人，毙敌500余名（其中80%是日军，伤者未计算在内）。缴获机枪7挺，迫击炮4门，步枪1251支，手枪210支。

扑不灭的抗日烽火

第三路军在龙南地区活动的第六和第十二支队在重新编队、调整力量、改变部队番号，特别是在接到总指挥李兆麟1939年11月19日《致许亨植并转北满省委负责同志信》和12月20日给第三路军各独立部队发出的《关于目前新形势和新的战斗任务》的指示信后，全体指战员对目前的形势和新的战斗任务，有了进一步的了解，更好地将宣传鼓动工作，动员群众、组织群众与部队的英勇活动和打击敌人配合起来。此后，在金策、许亨植的直接领导下，部队在开展平原游击活动中采取机动灵活的战术，伺机袭击敌人，从而逐步地打开了龙南地区抗日游击运动的新局面。

第六支队编成后，以庆城、铁力、东兴、木兰的山区为后方基地，在绥棱、海伦、通北、明水、拜泉、青冈等十余县的广大地区同上千名日伪军"讨伐"队进行周旋。1940年8月在支队长张光迪、政委于天放率领下的60名队员，在海伦东部和通北一带开展活动。

同年10月，第三路军总指挥李兆麟来到第六支队，在通北南北河召开了支队干部会议，讨论并制定了部队在海伦、绥化、兰西、青冈、明水、拜泉、呼兰、通北八县开展活动的计划。入冬之后，第六支队在日伪军不断"讨伐"追击下，人员虽减少一半左右，但是，全体指战员仍在异常困难的环境中以庆城山区为基地继续坚持斗争。

新编第十二支队，于1940年8月，根据北满省委开展三肇地区工作的指示和第三路军总指挥李兆麟的部署，在许亨植、戴洪宾的率领下，从庆城安邦河后方基地出发，途经巴彦，进入呼兰县境，然后乘船顺呼兰河而下，在兰西县境登陆，横跨滨洲铁路线，经肇东到达肇州。

1939年4月，北满省委就向肇州地区派来了许多开辟地方工作的干部，其中有高仁杰、徐泽民、刘海、张文廉等。1940年1月建立了龙江地区工作委员会。3月间改为肇州县委，书记为高吉良。因此，这一地区工作基础较好。

第十二支队到达三肇地区，鼓舞了当地的反日群众；群众的反日情绪高涨又反过来激励和教育了部队，一场反日斗争的烽火正在三肇地区燃烧起来。

1940年9月12日，第十二支队采取突然袭击的战术，首战告捷，一举攻陷肇州县丰乐镇。9月18日，部队又转入肇东县境。在攻打宋站警察署时，突然遭到大批日伪军包围，在突围作战中队伍被敌人冲散，许亨植等与主力部队脱离，在敌人不断追击下，没有找到主力部队，便率16名队员返回到安邦河后方基地。

第十二支队继续向肇州挺进。途中不断遭到敌人袭击，当部队到达仅距肇源县城东十多千米的敖木台时，又遭到七八百名日伪军包围。十二支队在东、西、北三面受敌、南面背水的不利形势下，与日伪军激战一整天。在进退维谷的险恶环境下，部队损失惨重，原发展到近百人的队伍，仅剩官兵不足30名。突出重围的16名同志在张瑞麟、钮景芳的带领下，退到附近的一块沼泽地，受到爱国渔民刘凤林的掩护。在突围时被打散的另一部36名人员，集中后在代理支队长徐泽民的率领下，也汇集到这里。部队在这里经过一个多月的休整，恢复了战斗力。从此，十二支队五十余名老队员在徐泽民的领导下，在地方党组织和群众的大力协助与支持下，又继续战斗在三肇地区。

敖木台战斗之后，敌人一再吹嘘抗联已被"全歼"，准备请功祝贺。这时，第十二支队召开了有地方同志参加的干部会议，决定攻打肇源。会后派出的侦察人员进城后与原来在城内发展的地下工作人员接上关系。经了解，敌人在敖木台战斗后，"围剿"抗联的大部队已经全部撤离肇源，决定于11月8日召开三肇地区所谓"剿匪"胜利庆祝大会。

第十二支队在摸清情况后，支队长徐泽民率领部队日伏夜行，经过两夜的急行军，于11月8日晚到达县城附近，隐蔽在一个小村庄里。

敌人果然在11月8日开了一整天庆祝三肇地区"剿匪"胜利大会。哈尔滨第四军管区派代表出席了会议，三肇地区的三县日本参事官也出席了会议。他们在会上都一再宣扬敖木台战斗已将抗联部队"全歼"，三肇地区"王道乐土可望实现"等等。

在庆祝会的当夜，敌人酒后正在熟睡，我第十二支队五十余名经过战火洗礼的老战士，在城内群众抗日组织领导人王秉章等出城迎接下，里应外合分路摸进城里，乘敌不备向敌人发起攻击，打开伪县公署和伪警察署，缴了伪军警的武装，还打开了监狱，放出四十多名被监押的爱国者。攻城战斗打死日本警务股长以下9人。缴获了大量枪支弹药和军需物资。从后来敌人发表的我军袭击肇源县城的"报告"中也证实

了我军这次攻陷肇源县城的重大胜利。1940年11月16日《哈宪字第八四九号情报》记载："抗联第三路军西北临时指挥部第十二支队长徐泽民率匪六十余名，纠合附近土匪一百二十余名，为补充武器弹药的不足，掠夺物资，突于11月8日23时30分来袭肇源县城，击退和解除了我116名军警武装。"又称：我攻城部队"动作迅速"，"战术巧妙"。承认当夜"多数警察和自卫团员均回家过宿"，敌伪"防守力量薄弱，必然失败"。"情报"最后说，我军于8日夜晚"从县城东门及正门侵入……次日（9日）7时将民众集合在一起，散布传单，进行赤化宣传和煽动，而后在齐唱歌曲声中从北门撤出"。

攻打肇源县城战斗的胜利，不仅鼓舞了三肇平原地区的广大人民，也使伪滨江省和北安省的敌人受到很大震动，因而引起了敌人的极大关注。此后，敌人派出伪滨江省的大量日伪军的兵力，对我军进行"围剿"。第十二支队在徐泽民的率领下，于伪滨江省西部地区肇州、肇东、肇源、安达、青冈等县与伪军警交战，袭击自卫团和解除其武装共有12次之多。但是，在"围剿"我军的日伪军大部队进入伪滨江省西部地区追击第十二支队之后，敌人又制造了骇人听闻的"三肇惨案"，对第十二支队在三肇地区开展活动造成了极大的困难。

第三路军总指挥李兆麟在第十二支队攻克肇源县城取得胜利之后，根据情况的变化，断定敌人必然会再次调动大量兵力来"围剿"我军，这将给第十二支队在这里继续活动造成更大的困难。同时，从地域上看，三肇地区西有嫩江之险，南有松花江之阻，东有呼兰河之隔，北边又是中东铁路线，属于敌人防守严密的地带。第十二支队孤军深入，在脱离后方基地较远的伪滨江省西部的三肇地区开展活动也是十分不利的。基于上述考虑，李兆麟便派出人员前去送信，调十二支队急速东回。第十二支队接到李兆麟关于"平原游击，不能过于深入"的指示后，为了保存实力以利再战，徐泽民立即率队离开三肇地区。1941年1月，部队撤到呼兰县境准备继续北进返回庆城安邦河后方

横扫千军 还我河山

基地时，同敌遭遇。在战斗中徐泽民与部队走散，2月18日在兰西县内被敌人逮捕后惨遭杀害。其余四十余名队员返回到安邦河上游地区，在北满省委书记金策、第三路军总参谋长许亨植的直接领导下继续坚持游击活动。

在龙南地区开展活动的第六、第十二支队，根据第三路军总指挥部和李兆麟的统一部署，在1940年下半年的时间里，斗争有了新的开展。第十二支队在开展游击活动中，突破了敌人的西部防线，深入到伪滨江省西部地区，在松嫩平原十余县的范围内开展活动，历经大小战斗数十次，再一次打破了敌人吹嘘的抗联已被"全歼"的谎言。抗日联军在三肇地区点燃的抗日烽火是扑不灭的，最后胜利属于抗日部队和反抗侵略的广大人民。

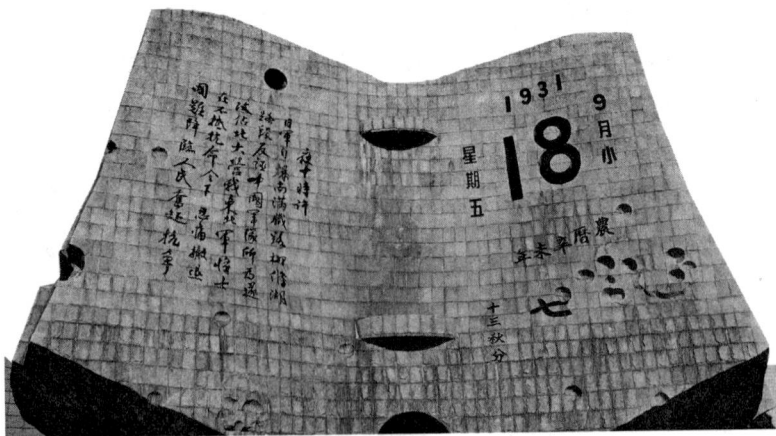

1941年苏德战争爆发后，日本侵略者增调重兵进驻东北，我抗日联军的处境更加困难。为保存实力，培养干部，提高部队素质，根据党的决定，李兆麟率领部队于11月转入苏联境内。到12月底，北满抗联部队除留下小分队继续活动以外，基本上到苏联境内的中苏边境地区集中在南北两个野营进行整训学习。1942年秋，东北抗日联军成立了教导旅，周保中任旅长，李兆麟任政治副旅长，并担任了东北党委员会的常委。在东北党委员会领导下，教导旅进行了军事训练和政治学习，还不断派出小分队回到东北进行小规模的游击活动，为迎接抗日战争最后胜利做了思想、政治、军事上的准备。

民族英雄血沃北疆

1945年8月8日，苏联政府对日宣战。坚持了14年抗日斗争的东北抗日联军，积极响应党中央毛主席和朱总司令的号召，在周保中、李兆麟、冯仲云等同志的领导下，配合苏联红军和八路军、新四军，迅速击溃了日本关东军，东北的大好河山回到了祖国的怀抱，中国人民的抗日战争取得了最后胜利。

按照东北党委员会的决定，李兆麟率百余名抗联干部于8月23日，在党中央派往东北的大军和干部未到达之前，随苏军经牡丹江进驻哈尔滨。

李兆麟到达哈尔滨后，立即成立了抗日联军哈尔滨办事处，作为办事处的负责人，他首先抓了人民武装的建设工作。李兆麟在哈尔滨很快组织建立了三个保安大队。同时，经过一个多月的筹备工作，于10月1日成立了滨江省政府，他以中共代表身份出任副省长，兼任中苏友好协会会长。在党内任中共哈尔滨市委常务委员。他满怀胜利的喜悦，肩负着党和人民的重托，走上了新的战斗岗位。

他搬进一栋旧楼房，室内只有一张木板桌，两个板椅，还有后勤部门送来供他装书籍和文件用的两个木箱子，连张床也没有。警卫员李桂林要去搞一张床来，他拍着警卫员的肩膀说："老百姓还没有翻身，咱们要艰苦奋斗啊！来，想想办法看。"说着，他走出房间，拎回来一个草垫子，让警卫员和他一起往两个木箱子上一搭，就成了一张床。李兆麟满意地笑着说："这不是挺好嘛，打游击时，我们哪里睡过这么好的床啊！"有一次搞后勤工作的同志要给他做套新制服，他以党的经费困难为理由，一再推脱。进城后，他时时惦念着没有翻身的广大群众，仍然保持着共产党员与群众同甘苦、共患难的优良作风。

当时哈尔滨的情况十分复杂，抗战虽然胜利了，但东北人民仍处于决定命运的历史关头。根据雅尔塔协定签订的中苏条约，苏军撤离时，要将东北的政权交给国民党政府。蒋介石为窃夺人民的胜利果实，在美帝国主义支持下，向东北大批运兵。哈尔滨地方的敌伪残余势力摇身一变，成了"国民党地下工作者"和"先遣军"，他们互相勾结，造谣惑众，严重地破坏了社会治安。李兆麟作为我党公开的代表，在政府里工作格外繁忙。他不仅要协助苏军接管日伪政权，收缴敌伪物资，还要亲自抓人民武装的建设、社会秩序的恢复。他积极组织民众团体，振兴贸易，安定民生，使人民获得民主自由。他既要参加市委的会议，向负责北满工作的陈云同志汇报情况，还要为党中央派到北满、西满地区的部队和干部做好接待、保卫、联络和武器装备供应等工作。李兆麟对宣传工作也很重视，一进城，他就根据中共中央东北局的指示，同担任省工委书记和市委书记的钟子云一起，接管了哈尔滨电台，播放毛主席的《新民主主义论》和《论联合政府》，向广大人民宣传党的实现和平民主、建设新民主主义新中国的政治主张。

昼夜十分繁忙的李兆麟竟抽不出时间接待从辽阳来到哈尔滨看望他的长子李玉。他让秘书先把孩子领到家里，一直等到第三天午夜才脱身回来。一见到阔别12年的儿子，他先表示歉意，接着问长问短，父子二人亲切地谈到东方发白。终日劳累的李兆麟这才打了个盹，又开始了紧张的工作。他为建设一个和平、民主、统一、富强的新中国，披肝沥胆，昼夜操劳。在政府工作的几个月，政绩卓著，深受哈尔滨各界群众的赞扬。

1945年底，根据当时的形势，党组织决定李兆麟辞去副省长的职务，专任中苏友好协会会长。1946年1月，国民党"接收"大员来到哈尔滨，一时间把哈尔滨搞得乌烟瘴气，作为共产党员和群众团体代表的李兆麟，经常同国民党的省长关吉玉、市长杨绰庵和公安局长余秀豪等上层人物打交道，同他们进行针锋相对的斗争。根据一月份在重庆召开的政治协商会议，当时正进行召开第一届国民大会的准备工作。李兆麟就出席国大代表名单问题，同国民党的头面人物展开了尖锐的斗争，并在群众中积极开展宣传工作。在他的倡导下，哈尔滨市音乐工作者组织了一个"音乐促进会"，演唱《流亡三部曲》《露营之歌》等革命歌曲，在群众中引起强烈的反响。他还经常做青年学生的工作，二月份他给哈尔滨军医大学即将毕业的学生写了一封亲笔信，信中说："同学们，你们现在已毅然踏上了进步的途径——探求真理的大道……我们绝不能以此微微的胜利冲昏自己的头脑，我们要加倍警惕，在斗争中来巩固既成之和平，更在不断的斗争中取得真正民主和实现我们远大的理想。"他还经常在群众大会上揭露国民党破坏和平的阴谋，教育人民团结起来进行斗争。

3月8日，哈尔滨各界妇女召开了第一次庆祝"三八"国际妇女节大会。李兆麟在会上讲了话，他从东北沦陷时期祖国同胞的悲惨命运，讲到中国人民经过怎样的艰苦斗争才赢得了今天的胜利，无情地揭露了国民党反动派发动大规模内战的阴谋，号召妇女团结起来，为自己的解放，为建立和平、民主、富强的新中国而斗争。最后他离开话筒，激动地走向台边，领

呼口号，他慷慨激昂、动人心弦的讲演，教育了群众，刺痛了敌人。

国民党反动派对奔走在和平、民主事业第一线的李兆麟又恨又怕，一伙穷凶极恶的国民党特务和敌伪残余，躲在阴暗的角落里策划了多种方案刺杀李兆麟，但均未得逞。1945年12月8日，敌人曾把《哈尔滨日报》社的干部李钧误认为是李兆麟，杀害于中苏友好协会门前。当时在哈尔滨市委工作的毛诚同志曾多次关心地向李兆麟说："从最近得到的情报看，敌人正千方百计地想谋害你，希望你一定要多加注意。"李兆麟深知国民党特务的卑鄙和凶残，但为了国家和人民的利益，他把自己的安危置之度外，对毛诚同志说："如果我的鲜血能擦亮人民的眼睛，唤起人民的觉醒，我的死也是值得的。"

1946年3月9日下午，李兆麟刚从市委书记钟子云处开会回来，路上他乘坐的一辆缴获日本关东军的旧汽车出了故障，警卫员李桂林帮助司机修理，车停在地段街，李兆麟先回到了中苏友协。因为前一两天国民党市长杨绰庵的秘书、伪装进步打入中苏友好协会为会员的国民党特务孙格龄曾捎信和打电话来，诡称有重要事情要向李兆麟汇报，约他到水道街九号。李兆麟不愿因考虑个人安危而贻误党的工作，就毅然决

女同胞们不团结起来为自己的解放而奋斗

李兆麟

三月七日

定自己先去。他匆匆地在办公桌的日历上写下了："下午三时应邀去水道街九号商定国大代表"几个字，便让秘书于凯转告警卫员，让他回来后立即到水道街九号找他。

李兆麟来到这间国民党特务匪徒早就做了周密布置的房间，刚坐下喝了一口敌人投放了毒药的"茶水"，立刻发觉"茶"的味道不对，这时，室内潜伏的凶手窜了

横扫千军　还我河山

——抗联名将李兆麟

李兆麟在牺牲的前两天即1946年3月7日，为哈尔滨市庆祝三八妇女节大会题词，留下了珍贵手迹。

出来。身材魁梧的李兆麟只身同敌人搏斗，双手被刀割伤多处，但终因寡不敌众，加之药性发作，昏倒在地。凶残的敌人又朝他的头部和胸部连刺七刀，抗日民族英雄李兆麟就这样惨遭国民党暴徒杀害。这位在东北战场上同日本侵略者奋战了14年的抗日英雄，没有牺牲在饥寒交迫的林海雪原和兴安峻岭之中，也没有牺牲在枪林弹雨的松花江两岸和辽阔的黑嫩平原。他的征衣和背囊曾多次被敌人的子弹打穿，却没有负伤。敌人曾以数万元伪币悬赏他的头颅，都成为狂言妄想，许多抗联战士都称他为"福将"。而今天，这位"救国救民精神惊天地，除敌除寇壮志撼山河"的民族英雄，却在抗战胜利之后，牺牲在国民党反动派的魔掌中，这怎不使一切有良心、有正义感的中国人无比愤慨和悲痛！

1946年3月24日，哈尔滨各界人民怀着万分悲痛的心情，将李兆麟的遗体安葬在道里松花江畔一座公园内，并将这座公园命名为兆麟公园，以志纪念。

1946年4月28日，东北民主联军进驻哈尔滨，从此，这座美丽的城市真正回到了人民的怀抱。随着全国的解放，杀害李兆麟的凶手相继被捕归案，受到了人民的惩处。

哈尔滨市各界人民在庆祝解放后第一个"八一五"

胜利纪念日的大会上，在李兆麟墓前举行了隆重的墓碑揭幕典礼。东北抗联将领、松江省主席冯仲云，怀着十分崇敬的心情，双手揭开碑上的红旗，墓碑上镌刻的"民族英雄李兆麟将军"金色大字，光彩熠熠。

中华魂·百部爱国故事丛书
提　要

《誓与禁烟相始终——民族英雄林则徐》

林则徐严禁鸦片，坚决抵抗西方列强的侵略，坚持维护国家主权和民族利益。他是中国近代历史上第一位睁眼看世界的人，是抗击帝国主义殖民侵略的第一人，是中华民族抵御外侮过程中伟大的民族英雄。

《血洒虎门御敌寇——抗英将军关天培》

民族英雄关天培，在第一次鸦片战争中为了抗击英国侵略者的入侵而血洒虎门，为国捐躯，谱写了一曲可歌可泣的英雄赞歌。关天培用他的生命，书写了中国人民反抗外侮的历史。

《威震镇海靖节魂——抗敌英雄裕谦》

在第一次鸦片战争期间的众多牺牲者中，有一位官阶最高，他就是两江总督裕谦。裕谦与外国侵略者斗争立场坚定，与国内妥协派、投降派斗争态度坚决。裕谦督战镇海，与英国侵略军浴血奋战，临危不惧，以身报国，浩气长存。

《斩邪留正解民悬——太平天国领袖洪秀全》

农民出身的洪秀全，从失意文人到起义领袖，经历了长期的思想演变过程，在外敌入侵、清朝政府腐朽的历史环境之下，顺应时代的潮流，成长为一位非凡的历史英雄人物，建立了与清朝政府相抗衡的农民政权——太平天国。

《仰承汉唐　荟萃中外——近代数学家李善兰》

李善兰是我国19世纪重要的科学家之一，在数学、天文学、力学等方面都有重大建树。他继承了我国古代数学的成就，又以极大的热情传播西方科学文化，"仰承汉唐，荟萃中外"，把自己的一生献给了科学事业。

《严谨治学　勇于探索——近代著名数学家华蘅芳》

华蘅芳，中国近代数学家之一。其精通中国古算学，并熟练掌握西方近代数学，是中国验证抛物线并著书立说的参与者。为了证明"外国有的，中国也能造"而鞠躬尽瘁，在引进西方科学技术、传播科学知识上贡献卓著。

《折冲樽俎护山河——近代著名外交家曾纪泽》

曾纪泽是中国近代史上著名的爱国外交家，在中俄伊犁交涉事件中，他秉承抵抗列强、保卫国家的坚定意志，利用外交手段全力同沙俄抗争，捍卫了国家主权、民族尊严，收回了祖国的领土，在近代中国外交史上留下了光辉的一页。

《甲午海战留英名——民族英雄邓世昌》

邓世昌，北洋水师名将。本书以邓世昌的成长过程为线索，以代表性的历史故事为主要内容，还原真实的历史事件，突出鲜明的人物性格。邓世昌因在中日甲午海战中突出的英雄气概而名垂史册，书写了伟大的爱国主义篇章。

《誓与舰队共存亡——北洋水师提督丁汝昌》

丁汝昌处在清朝政府的腐朽和李鸿章的专断下，难以施展爱国的抱负，壮志未酬，愤恨而终。但丁汝昌为建立近代海军作出的巨大贡献，带领北洋舰队爱国官兵勇抗强敌的英雄事迹，将永远为后代所传颂。

《镇南关上凯歌扬——抗法老英雄冯子材》

1885年中法战争中，年逾古稀的冯子材为抵御外国侵略，勇赴国难，大败法军于镇南关，并乘胜追击，接连收复文渊、谅山等地，从根本上扭转了中法战争的局面，成为近代民族英雄的杰出代表。

《屡败法军逞英豪——黑旗军将领刘永福》

刘永福是黑旗军的创建者，是农民出身的杰出军事家、政治活动家。在19世纪发生的援越抗法、中法战争中，他率部与帝国主义侵略者进行了殊死的战斗，建立了卓越的功勋，成为我国近代史上著名的民族英雄，为后世所景仰。

《矢志变法强国家——戊戌变法领袖康有为》

康有为是清末民初最有影响力的思想家之一。他领导了中国知识界的启蒙运动，掀起了一场自上而下的政体改革。他最早在中国提出了立宪政体和具体的宪政方案，主张在坚持儒家传统和帝制的前提下，学习西方经验，他的进步思想对近代中国具有深远的影响。

《开民智以报国　普新知而图强——戊戌变法思想家梁启超》

梁启超，中国近代史上著名的政治活动家、启蒙思想家、史学家、文学家，戊戌变法领袖之一。本书以百日维新思想家梁启超的成长过程为线索，以代表性的历史故事为主要内容，还原真实的历史事件，突出鲜明的人物性格。

《我自横刀向天笑——维新志士谭嗣同》

谭嗣同在民族危机的严重时刻，投身改革救中国的洪流。为了带给祖国一个光明的未来，紧要关头，他挺身而出，用自己的鲜血激励后人，把宝贵的生命献给了变法事业。

《睡乡敢遣警世钟——用生命警策国人的陈天华》

陈天华是民主革命的活动家和宣传家。他写的《猛回头》《警世钟》等书，起到了革命启蒙的重大作用。为了激发留日学生的爱国情怀，他不惜投海自杀，演出了近代史上感人至深的一幕，给后人留下了难忘的印象。

《革命军中马前卒——民主斗士邹容》

革命乃"至尊极高，独一无二，伟大绝伦之一目的"；它是"天演之公例，世界之公理，顺乎天而应乎人"的伟大行动。因此，必须"仗义群兴革命军"。他激情高呼："革命独子万岁！中华共和国万岁！"这就是《革命军》的作者，中国近代著名资产阶级革命宣传家邹容。

《休言女子非英物——鉴湖女侠秋瑾》

为民族解放和妇女解放而英勇斗争的秋瑾，冲破封建礼教的思想牢笼，打碎封建精神枷锁，崇仰真理，追求光明，主张共和，坚持男女平等，最终献出了自己年轻的生命。

《血溅校场　杀身成仁——民主斗士徐锡麟》

本书讲述了反清志士徐锡麟弃文从武、投身反清革命事业，最终被清政府杀害的故事。出于对国家的热爱，徐锡麟献出自己的生命，他的事迹将永远激励后人深切缅怀这位民主革命的先驱。

《生可死耳　我志长存——献身民主的禹之谟》

禹之谟，民主革命党人，同盟会会员，近代资产阶级革命家、实业家。1886年，20岁的禹之谟"提三尺剑，挟一卷书"游历四方，研究西方社会政治学说，忧国忧民之心日趋强烈。戊戌变法失败，他丢掉改良幻想，倡革命救亡之说，走上民主革命道路。

《物竞天择　适者生存——资产阶级启蒙思想家严复》

严复是中国近代著名的启蒙思想家、翻译家和教育家。他长期从事教育和翻译事业，为近代中国人才培养和思想启蒙做出了重要贡献，同时他也为中国的翻译事业和中西思想文化交流做出了重要贡献。

《辛亥革命急先锋——资产阶级革命家黄兴》

黄兴，清末民初资产阶级革命家，中华民国开国元勋。黄兴在武昌首义及辛亥革命时期的爱国表现，与孙中山闻名于当时，常被时人以"孙黄"并称。本书以资产阶级革命活动实干家黄兴的成长过程为线索，歌颂了先辈伟大的爱国主义精神。

《矢志革命　百折不回——近代民主革命家廖仲恺》

廖仲恺追随孙中山踏上了创立民国与捍卫共和制的旧民主主义革命

之路；在新民主主义革命时期，他为建立、巩固首次国共合作和实施三大政策，英勇奋斗，为国殉职，洒尽了一腔热血。

《将军拔剑南天起——护国英雄蔡锷》

蔡锷是中国近代史上的杰出军事家、爱国者。他的一生短暂而伟大。辛亥革命爆发，他毅然投身于革命洪流之中，领导云南重九起义，对武昌起义积极响应。袁世凯窃国复辟、恢复帝制的阴谋暴露出来以后，他又毅然举起了武装讨袁的旗帜。

《反帝反封建运动——五四青年的爱国故事》

五四运动是一次伟大的反帝反封建的爱国运动；是一个伟大的历史转折点；是中国人民的斗争从挫折走向胜利的一个关节点，它为中国的前进开辟了一条全新的道路，拉开了中国新民主主义革命的序幕。

《思想自由 兼容并包——著名教育家蔡元培》

蔡元培是中国近现代著名的民主革命家和教育家，一生经历风雨，却始终信守爱国和民主的政治理念，致力于废除封建主义的教育制度，奠定了我国新式教育制度的基础，为我国教育、文化、科学事业的发展做出了富有开创性的贡献。

《为国家争光 为民族争气——中国铁路之父詹天佑》

詹天佑是我国最早的杰出铁道工程师，因主持建造京张铁路而闻名中外，被誉为"中国铁路之父"。他为祖国的铁路事业贡献了毕生的精力。本书向读者展示了詹天佑热爱祖国、科技兴国的辉煌人生。

《实业救国 衣被天下——轻工之父张謇》

张謇是爱国实业家、教育家。他年轻时中过状元。过了40岁，开始投身工商实业活动中，他的名言是"富民强国之本在于工"。在南通，创办大生丝厂、银行等各种实业。并将创办实业的大部分所得投入教育。他的观点是，教育和实业一样，也是"富强之大本"。

《心向革命 追求光明——平民将军冯玉祥》

冯玉祥将军"是一位从旧军人转变而成的坚定的民主主义战士"。

抗日战争期间，他辗转各地，用实际行动积极抗战。日本战败投降后，他为了断绝美国的援蒋内战，又在美国四处演说，揭露蒋介石统治之黑暗，痛斥美国阴谋分裂中国的不良行为。

《刑场上的婚礼——革命烈士周文雍　陈铁军》

周文雍是广州起义的主要领导人之一。陈铁军出身于华侨商人家庭，却毅然投身革命洪流。1928年1月，两人接受派遣，回到广州假扮夫妻从事革命斗争，却不幸被捕。临刑前，两位烈士将敌人的枪声当作自己婚礼的礼炮，用生命和爱情谱写出一曲千古绝唱。

《星星之火　可以燎原——井冈山斗争的故事》

1927—1929年，毛泽东、朱德等老一辈革命家，在井冈山创建了农村革命根据地，进行了艰苦卓绝的斗争，建立了新型革命武装，点燃了工农武装革命之火，找到了农村包围城市最后夺取政权的中国革命的正确道路。

《新民学会的主要发起人——中国共产党早期革命家蔡和森》

蔡和森青年时期曾与毛泽东等人一起组织进步团体新民学会，参加五四运动，并在赴法国勤工俭学时研读大量马克思主义著作，回国后以满腔热忱投身革命事业，成为中国共产党早期重要的理论家和宣传家。

《威震黄浦江畔　高奏抗日壮歌———·二八淞沪抗战》

面对日本侵略者的挑衅，十九路军在蒋光鼐、蔡廷锴的带领下，高举义旗，奋力一搏。一·二八淞沪抗战，是中国军人捍卫军人荣誉和祖国尊严所发出的吼声，谱写了一曲抗击日军侵略的英雄壮歌。

《将军恨不抗日死——慷慨就义的吉鸿昌》

在国难深重的20世纪30年代，吉鸿昌将军因拒绝执行国民党指示，坚决不打内战，被迫携眷出国"考察"。回国后，他加入中国共产党，组织了民众抗日同盟军，英勇打击日本侵略者，后于1934年11月被国民党反动派杀害。

《献身革命　甘于清贫——梅岭忠魂方志敏》

大革命失败后，方志敏凭着"两条半步枪"起家，身经百战，创建了赣东北革命根据地和红十军。本书真实记录了方志敏投身于革命、领导红军和敌人进行艰苦卓绝斗争的经历，歌颂了烈士贫贱不移、威武不屈、献身革命的高尚品质。

《奏响中华最强音——人民音乐家聂耳》

聂耳在他有限的生命中创作了数十首革命歌曲，在抗日救亡运动中，聂耳的这些歌曲产生了广泛深远的影响。他的音乐创作为中国无产阶级革命音乐的发展指明了方向，树立了榜样。

《横眉冷对千夫指——中国文化革命主将鲁迅》

鲁迅不但是伟大的文学家，而且是伟大的思想家和伟大的革命家。在那风雨如晦的黑暗年代里，他以笔为投枪，同一切帝国主义和反动派进行了顽强的战斗，为中国人民树立了一个不朽的丰碑。他是新文化战线上的一面光辉旗帜，是我们伟大民族的灵魂。

《铁流两万五千里——红军长征的故事》

红军长征是人类历史上的一次伟大的壮举。第五次反"围剿"失败后，中国工农红军的三大主力在极端艰难的条件下，突破国民党军队的围追堵截，进行了史无前例的战略大转移，总行程达两万五千里以上。途中发生了许多动人故事，至今令人难以忘怀。

《荣辱不移革命志——创建陕北红军的刘志丹》

刘志丹是杰出的无产阶级革命家、军事家，西北红军和西北革命根据地的主要创始人之一。他一生热爱人民，追求真理，英勇善战，百折不挠，艰苦奋斗，忠心赤胆，为创建红军和革命根据地、为中国人民的解放事业建立了不可磨灭的功勋。

《英名永存北平城——爱国将领佟麟阁　赵登禹》

1937年7月28日，日军向北平郊区发动进攻。第二十九军副军长佟麟阁奉命在南苑率部与日军苦战，腿部受伤，头部被敌机炸伤，壮烈殉国。第一三二师师长赵登禹指挥部队顽强抵抗日军，右臂中弹负伤，仍继续作战。后在转移途中遭日军截击而牺牲。

《八百壮士　四行仓库铸军魂——谢晋元和他的战友们》

八一三抗战，中国军人以血肉之躯揭开全面抗战的帷幕。这是一场血战，是中国军人不屈不挠的英雄诗篇，其中的八百壮士守四行，成为这首英雄颂歌中最动人、最凄美的音符。一曲四行保卫战，铸就了不屈的军魂。

《八女投江　气贯长虹——八位抗联女战士》

抗日战争时期，以冷云为首的东北抗日联军8名女战士，为捍卫民族尊严，面对凶残的日寇，镇定自若，宁死不屈，投江殉国，表现了中华民族同敌人血战到底的英雄气概。她们的光辉形象，激励着千千万万的后来人。

《艰苦抗战　威震敌胆——著名抗日英雄杨靖宇》

杨靖宇将军是我国著名的抗日民族英雄。曾先后担任磐石游击队政治委员、东北抗日联军第一军军长兼政委、抗日联军总司令等职。领导军民对日寇坚持了长达9个年头的艰苦卓绝的斗争，最终以身殉国。

《死也不当亡国奴——镜泊抗日英雄陈翰章》

陈翰章，从1932年8月投笔从戎，直到1940年12月8日为抗击日本侵略者，战死在镜泊湖畔。他在抗日疆场上奋战了九年，他那可歌可泣的英雄事迹将为人们永世传颂。

《名将殉国　气壮山河——抗日将军张自忠》

著名抗日将领、民族英雄张自忠，生于忧患的时代，抱有"宁为百夫长，胜作一书生"的志向，经历过失败与低谷，最终成就了慷慨人生。本书主要以人物活动为主，勾画出一个真正的"民族魂"鲜活的人生，会带给读者振奋的力量。

《宁死不辱战士名——狼牙山五壮士》

1941年日寇在河北易县"扫荡"。为掩护群众和主力部队撤退，五位八路军战士毅然把敌人引上了狼牙山棋盘坨峰顶绝路。弹尽粮绝、无路可退，五位英雄纵身跳下了万丈悬崖，用生命和鲜血谱写出一曲惊天地泣鬼神的壮举。

《太行浩气传千古——抗日名将左权》

左权，中国工农红军和八路军高级指挥员，著名军事家。是八路军在抗日战场上牺牲的最高指挥员。名将阵亡，太行山为之垂首，全党为之悲痛。周恩来称他"足以为党之模范"，朱德赞誉他是"中国军事界不可多得的人才"。

《虎将兴关外 抗倭统雄师——抗联英雄赵尚志》

本书描写了久经考验的共产党员、东北抗联的创建者和主要领导人赵尚志，在艰苦卓绝的条件下，坚持抗战，威震敌胆，战功卓著，忍辱负重，忠贞不屈，为国捐躯的英雄故事，为青少年读者呈上一部爱国主义的佳作。

《黄埔之英 民族之雄——抗日名将戴安澜》

抗日名将戴安澜，先后参加保定、漕河、台儿庄、武汉、昆仑关等战役，作战英勇，屡建奇功；入缅作战，"扬威国外，藉伸正义"；守东瓜，复棠吉；殒身缅北，遗恨丛林，马革裹尸，成就了光辉的一生。

《爱国志士 民主先锋——新闻出版家邹韬奋》

本书讲述了邹韬奋献身新闻出版事业的奋斗历程，展现了一位新闻工作者坚定的革命信念和炽热的爱国主义精神，全心全意为人民服务、为读者服务的奉献精神，歌颂了他的高尚情操和优良品质。

《为抗战发出怒吼——人民音乐家冼星海》

人民音乐家冼星海，青年时期在巴黎求学，饱尝屈辱与磨难；学成后毅然回到多灾多难的祖国，用满腔热忱谱写激昂的音乐，鼓舞中华儿女的斗志；奔赴延安，谱写出不朽的名作《黄河大合唱》，发出中华民族抗日救亡的怒吼。

《全民皆兵　抗击日寇——抗日战争的故事》

　　中国人民进行的十四年抗战，是一百多年来中国人民反对外敌入侵第一次取得完全胜利的民族解放战争。这场战争是以国共两党合作为基础，有社会各界、各族人民、各民主党派、抗日团体、社会各阶层爱国人士和海外侨胞广泛参加的全民族抗战。

《捧着一颗心来　不带半根草去——人民教育家陶行知》

　　陶行知是我国现代教育史上伟大的人民教育家、教育思想家。他从青年起就立志献身教育事业，以"捧着一颗心来，不带半根草去"的赤子之心，为人民的教育事业鞠躬尽瘁。

《为民主与和平拍案而起——民主斗士闻一多》

　　闻一多早年与梁实秋等人发起成立清华文学社。赴美留学期间由对祖国的深深眷恋而创作著名的《七子之歌》。后在西南联大任教8年，积极投身于抗日运动和争取民主的斗争，发表了著名的《最后一次讲演》。

《铁窗难锁钢铁心——革命先烈王若飞》

　　王若飞是我党早期杰出的无产阶级革命家。在艰苦卓绝的斗争中，他出生入死，屡建奇功，以超人的睿智和胆略，在敌人的监狱中，同敌人展开了殊死的较量，为抗战的胜利和新中国的诞生做出了卓越的贡献。

《横扫千军　还我河山——抗联名将李兆麟》

　　李兆麟是东北抗日联军创建人之一，他率领抗日联军历尽千难万险与日本侵略者浴血奋战，在极其艰苦的条件下，保存了抗日联军的有生力量，为东北光复做出了重大贡献。

《锄头开出新天地——解放区大生产运动》

　　为了解决困难，渡过难关，党中央号召党政军民齐动手，开展大生产运动。中国共产党在其控制区域内发动的一场军队屯田和鼓励生产的群众运动，达到了自己动手丰衣足食，共度难关，既进行革命又进行生产自足的目的。

《生的伟大 死的光荣——女英雄刘胡兰》

刘胡兰，坚贞不屈的少年女英雄。生前对我国劳动人民的解放事业无限忠诚，在敌人威胁面前，大义凛然，毫无惧色，英勇牺牲，表现了共产党员的高贵品质。

《饿死不领美国救济粮——爱国知识分子的楷模朱自清》

朱自清作为爱国知识分子的典型，以锐利的笔锋直言痛斥反动政府的暴行，体现了他崇高的爱国情怀和不畏恶势力的精神品格。毛泽东曾给朱自清先生以高度评价："一身重病，宁可饿死，不领美国的'救济粮'"，"表现了我们民族的英雄气概"。

《为了新中国前进——舍身炸碉堡的董存瑞》

伟大的英雄，中国人民的儿子董存瑞，从儿童团长成长为一名光荣的解放军战士，在1948年解放隆化县城时，舍身炸碉堡，为新中国献出了自己年轻的生命。他的英雄形象永远留在人民心里。

《宁死不屈的共产党员——革命烈士江竹筠》

江竹筠，就是著名的江姐。1947年春，她负责《挺进报》工作，只几个月的时间，报纸就发行到1600多份，引起了敌人的极大恐慌。由于叛徒出卖，江姐不幸被捕，惨遭毒刑的残酷折磨，仍坚贞不屈。最后被特务秘密枪杀，年仅29岁。

《抗美援朝 保家卫国——志愿军的战斗故事》

抗美援朝战争是中国人民志愿军为援助朝鲜人民、保卫祖国安全，与美国为首的"联合国军"发生的战争。在朝鲜牺牲的志愿军烈士们，他们英勇的战斗事迹、保家卫国的精神值得我们发扬光大。

《上甘岭上壮烈歌——黄继光和他的战友们》

在1952年10月的上甘岭战役中，黄继光和他的战友们在零号阵地半山腰被敌机枪火力点压制，此时，黄继光身上已经多处负伤，手雷也已全部用光。为了完成任务，减少战友的伤亡，他用自己的胸膛堵住正在扫射的敌机枪射孔，为反击部队扫清了前进的道路。

《诗书印画　全入神品——国画大师齐白石》

齐白石出身贫寒，做过农活，当过木匠，后改学雕花木工，从民间画工入手，摹古人真迹，学诗文书法，融汇古今，而诗、书、印、画俱佳；他将中国画的精神与时代的精神统一得完美无瑕，使中国画得到国际的重视，无愧于"国画大师"的称号。

《毕生为文化而奋斗——中国第一出版家张元济》

张元济参与、主持和督导商务印书馆近六十年，使其从简单的印刷企业转变为当时中国教育出版的旗帜。张元济一生爱书，在中华大地动荡不安的年代里，他用自己对文化的热爱，续存着中华民族灿烂悠久的文明之光。

《独树一帜　梨园大师——著名京剧表演艺术家梅兰芳》

梅兰芳，京剧大师，演唱风格独树一帜，世称"梅派"。曾先后赴日本、美国、苏联演出，并荣获美国波摩那学院和南加州大学的荣誉文学博士学位。作为一位爱国者，抗战期间蓄须明志，拒绝为日本人演出，为后世称颂。

《华侨旗帜　民族光辉——爱国侨领陈嘉庚》

陈嘉庚是著名的爱国华侨领袖、企业家、教育家、慈善家、社会活动家。他为辛亥革命、民族教育、抗日战争、解放战争、新中国的建设做出了卓越的贡献。生前被毛泽东誉为"华侨旗帜、民族光辉"。

《向雷锋同志学习——伟大的共产主义战士雷锋》

雷锋，一个平凡而伟大的共产主义战士，一心向着党，一生秉承着全心全意为人民服务、无私奉献的崇高思想；发扬刻苦学习和钻研理论的"钉子"精神；坚持勤俭节约、艰苦奋斗的优良作风。毛泽东为其题词："向雷锋同志学习。"

《人民的好公仆——县委书记的好榜样焦裕禄》

焦裕禄，被誉为县委书记的好榜样。他用自己的革命精神，展开了与大自然、与社会落后现象、与病魔的多重抗争，让我们领略到一个共产党人的生之伟大、死之壮美的人格品质和具有现实教育意义的精神魅力。

《文学巨匠　京味大师——人民作家老舍》

老舍是我国现代小说家、文学家、戏剧家。他用融入骨髓的真诚文字反映生活的喜怒哀乐。老舍的一生，总是在忘我地工作，他是文艺界当之无愧的"劳动模范"，生前被北京市人民政府授予"人民艺术家"的称号。

《革命老人——无产阶级教育家徐特立》

徐特立是一代伟人毛泽东的老师。他出生在贫苦家庭，大部分时间生活在动荡艰苦的年代；他刻苦勤奋，不畏艰辛，追求光明，一生勤俭，为革命培养了大量的人才；他对党和人民任劳任怨，鞠躬尽瘁。他坎坷奋斗的一生，留下了许多可歌可泣的故事。

《人生能有几回搏——新中国第一个世界冠军容国团》

容国团先后担任中国乒乓球队运动员、女队主教练。获得1959年男子单打世界冠军；1961年夺得男子团体世界冠军；作为中国女队主教练，1965年率女队第一次夺得女子团体世界冠军。他的"人生能有几回搏"的豪言，举国传诵。

《石油工人一声吼　地球也要抖三抖——铁人王进喜》

王进喜，新中国第一批石油钻探工人。他为祖国石油工业的发展和社会主义建设立下了不朽的功勋，在创造了巨大物质财富的同时，还给我们留下了宝贵的精神财富——铁人精神。他被评为"百年中国十大人物"，写入中华民族的光辉史册。

《做人民需要我做的事——著名地质学家李四光》

李四光是一位伟大的科学家，他一生从事地质学研究工作，足迹遍布祖国的山川，为祖国探明了许多地下宝藏；他创建了崭新的学说——地质力学；他历尽重重困难，为正确认识地质构造开辟了一条新路。

《中国化学工业的先驱——著名化学家侯德榜》

为摆脱纯碱需要进口的窘况，20世纪初，怀着"实业救国"梦想的中国化工先驱侯德榜等人创办了永利碱厂，并立志生产出中国人自己的碱。1926年，永利碱厂终于成功地生产出"红三角"牌纯碱，从此中国制碱业得以跨入世界先进行列。

《毕生求是　一丝不苟——著名科学家竺可桢》

著名科学家竺可桢献身科学研究；治学严谨，一丝不苟；一生廉洁，两袖清风；作风民主，爱护学生。他以爱国之心、报国之志，从一个民主主义者逐渐成长为一个共产主义战士。

《热爱自然的大地之子——著名植物学家蔡希陶》

蔡希陶，五十载风雨，五十载坎坷，五十载奋斗，五十载开拓，为了发现对人类生产、生活有用的植物及新物种的引进而做出巨大贡献，在中国的植物资源学史上将永远镌刻着他的名字。

《高洁无私的襟怀——知识分子的楷模蒋筑英》

蒋筑英是中国当代知识分子的先锋典范，他不为名，不为利，尊重科学；他以坚忍的毅力和顽强的作风，在科学的道路上呕心沥血，鞠躬尽瘁，无私地奉献了青春和生命。

《迎接新生命的天使——卓越的妇产科专家林巧稚》

林巧稚是国内外享有盛誉的妇产科专家。在五十多年的医学教育和临床实践中，林巧稚亲自接生了五万多婴儿，治愈了数千病人，培养了数以百计的专门人才，为我国的妇女儿童事业做出了不可磨灭的贡献。

《独自成千古　悠然寄一丘——国画大师张大千》

张大千是20世纪中国画坛最具传奇色彩的国画大师，无论是绘画、书法、篆刻、诗词无所不通。在艺术界深得敬仰和追捧，艺术家们用真挚的感情，用绘画和雕塑展现了"张大千"多彩的艺术形象。

《建造中国的通天塔——著名数学家华罗庚》

中国当代著名数学家华罗庚，为中国数学的发展做出了无与伦比的贡献，他是中国解析数论、典型群、矩阵几何等多方面研究的创始人与开拓者，也是我国最早将数学理论研究与生产实践紧密结合的科学家。

《问鼎长天　强我国威——两弹元勋邓稼先》

邓稼先是我国著名科学家，参加组织和领导我国核武器的研究、设计工作，从对原子弹、氢弹原理的突破和试验成功及其武器化，到新的核武器的重大原理突破和研制试验，作出了重大贡献。是我国核武器理论研究工作的奠基者之一，被誉为"两弹元勋"。

《敢叫天堑变通途——桥梁专家茅以升》

中国著名的桥梁专家茅以升从小立志为祖国建造桥梁，经过不懈努力，他不仅设计建造了一座座宏伟壮观、坚固实用的道路桥梁，而且搭建了一座座友谊之桥，为祖国建设作出了卓越贡献。

《蘑菇云之梦——核物理学家钱三强》

被誉为"中国原子弹之父"的核物理学家钱三强，更名后立志于科技报国；24岁投师于世界著名核物理学家居里夫妇；与夫人何泽慧合作，发现铀的"三分裂""四分裂"现象；统领我国的原子大军，做了大量创造性工作。

《两离桑梓地　满怀雪域情——领导干部的楷模孔繁森》

孔繁森，是一位一尘不染、两袖清风的好干部。两次进藏工作，历时十载，为西藏的建设、发展和稳定作出了突出的贡献。1994年11月，孔繁森不幸以身殉职。人民群众称他为新时期领导干部的楷模。

《摘取数学皇冠上的明珠——著名数学家陈景润》

陈景润是享誉世界的数学家，为了证明"哥德巴赫猜想"，他以惊人的毅力在数学领域里艰苦跋涉，终于攻克了世界著名数学难题"哥德巴赫猜想"中的"1＋2"，创造了中国乃至世界数学史上的辉煌。

《学术独步　饮誉四海——享有国际威望的科学家卢嘉锡》

卢嘉锡是一位在国际科学界享有崇高威望的物理化学家、化学教育家和科技组织领导者。1945年，卢嘉锡满怀"科学救国"的热忱回到祖国，对中国原子簇化学的发展起了重要推动作用，他所指导的新技术晶体材料科学研究，也取得了重大成绩。

《德艺双馨　梨园楷模——著名豫剧表演艺术家常香玉》

常香玉1941年赴陕甘演出。1948年在西安创办香玉剧社。1951年为支援抗美援朝，率剧社巡回西北、中南、华南各地演出，以演出收入捐献"香玉剧社号"战斗机一架，素有"爱国艺人"之誉。

《文学大师　激流勇进——著名作家巴金》

本书以巴金生平和主要事迹为线索，回顾和展示现代著名作家巴金的一生，以期让人们看到巴金在这风云变幻的100多年中，有过成功的欢欣，有过屈辱的磨难，有过痛苦的忏悔，有过平静的安宁。巴金的人生，映照着一代中国五四知识分子坎坷而不平凡的命运。

《壮心系科学　孜孜为国昌——理论化学家唐敖庆》

本书讲述了唐敖庆从出国求学、学业有成、回国任教，到服从安排、艰苦工作、刻苦钻研，最终成为中国量子化学奠基者的过程。让人们看到了这位著名化学家的赤心爱国、严谨治学、大公无私的崇高品格和科研上的卓越成就。

《中国导弹之父——著名科学家钱学森》

当第一颗原子弹升空的时候，当中国的人造卫星奏响《东方红》的时候，当中国运载火箭腾空而起的时候，当中国研制的导弹准确命中目标的时候，人们都会想起他的名字：中国导弹之父钱学森。

《中国近代力学的奠基人——著名科学家钱伟长》

钱伟长曾以中文和历史两个100分的成绩考入清华大学。九一八事变后，钱伟长毅然放弃了文科的学习而转为理科。他是中国近代力学、应用数学的奠基人之一，在固体力学、流体力学以及航空航天领域，取

115

横扫千军　还我河山

——抗联名将李兆麟

得了卓越的成就，为新中国的现代化建设付出了毕生的精力。

《中国光学科学的奠基人——著名科学家王大珩》

王大珩是我国著名的科学家，中国光学科学的奠基人。他先在清华就读，后赴英国求学，学业有成，立志科学救国，其成就享誉神州。他以科学的求是精神和赤诚的爱国情怀，探索着中国光学发展的闪光之路。